#친절하고 #가혹한

심판자들

이선주 장편소설

"너 도둑질 걸려서 전학 온 거지?"

쉬는 시간이 되자 여기저기서 눈길이 비수처럼 날아와 꽂혔다.
정아는 다른 아이들이 누굴 의심하는지 알 것 같았다.
거짓말쟁이는 과연 누구일까?

1

고양이도
강아지도
아닌 나

정아

전학 온 지 3주밖에 되지 않았는데 낯설다는 느낌은 없다. 인천이나 청주나 고등학생의 삶은 대체로 비슷한 듯하다. 잠이 덜 깬 채 일어나서 아침을 먹는 둥 마는 둥 하고는 학교에 가서 수업 듣고 점심 먹고 졸다가 집에 오는 것. 물론 자신이 공부를 잘하는 편이 아니라서 그런지도 모르겠다.

정아는 인천에 있는 고등학교를 다니다가 1학년 1학기를 마치고 청주로 전학 왔다. 아빠와 새엄마는 인천에 있고 정아만 내려왔다. 청주엔 친할머니인 장 여사가 산다. 5년 전 할아버지가 돌아가시고 25평 아파트에서 혼자 살고 계신다. 장 여사는 정아가 내려오겠다고 하자 새엄마가 괴롭히는 거 아니냐고 농을 던지면서도 기쁜 마음을 숨기지 못했다.

"얼른 가자."

하윰이 정아를 재촉했다. 하윰은 전학 와서 사귄 첫 친구다.

정아는 전학 오기 전에 다닌 학교에서도 글쓰기 동아리였다. 담임인 '끄덕쌤'(학생들이 말하면 늘 눈을 동그랗게 뜨고 고개를 끄덕인다. 좋은 교사가 되는 법, 같은 책을 많이 읽었을 것 같다.)이 들어가고 싶은 동아리를 물었을 때 정아는 이내 글쓰기 동아리라고 답했다.

사실 작가가 되고 싶다거나 유독 글쓰기를 좋아하는 건 아니다. 많은 것이 싫은 와중에 그나마 싫지 않은 거라면 이해가 될까. 글을 쓰다 보면 흐릿했던 안개가 걷히고 시야가 맑아지는 기분이 들었다. 교외 백일장에서 상을 받은 적은 없지만 교내 글짓기 대회에서는 몇 번 상을 받았다. 누가 글을 잘 쓰냐고 묻는다면 흔쾌히 고개를 끄덕일 수는 없지만, 못 쓴다고 말하기도 싫었다. 글쓰기는 마치 헤어지기 싫은데 어쩔 수 없이 헤어진 전 남자 친구 같다. 물론 정아는 아직 남자 친구를 사귄 적은 없다.

중학교 3학년에서 고등학교 1학년으로 올라가는 겨울 방학, 학원에서 만난 남자애와 사귈 뻔했지만 잘되지 않았다. 수호. 어쩌면 이조차 정아만의 착각인지도 모른다. 그 무렵 아빠가 재혼을 했다. 아줌마와 몇 년째 만나고 있다는 건 알았지만 재혼하리라고는 생각하지 못했다. 급작스러운 결정이었다. 반대하지는 않았지만 열렬히 환영하지도 않았다. 고급 중식당에서 식사를 하고 아줌마가 집에 들어오는 걸로 끝이었다. 아줌마는 교육청 공무원이고 아빠는 중소 기업에 다니는 회사원이었다. 아빠보다 아줌마와 함께 있는 시간이 더 많았다. 같이 있으면 속이 갑갑했다. 혼자 있고 싶다는 생각을 자주 했다. 혼자에 익숙한 탓이었다.

아줌마는 『콩쥐 팥쥐』나 『신데렐라』에 나오는 악독한 새엄마라든가 영화나 드라마에 나오는 희생적인 새엄마와는 전혀 다른, 아주 평범한 사람이었다. 그저 조금 불편할 뿐이었다. 미친 듯이 사랑해서 결혼한 남녀도 막상 한 공간에서 같이 생활하다 보면 싸우기 마련인데, 새엄마와 자식 사이야 뭐.

CA 시간은 매주 금요일 5교시다. 정아가 동아리를 신청하자 끄덕쌤이 하윤을 소개해 줬다. 다행인지 하윤도 특별히 친한 친구가 없었다. 자연스레 같이 밥 먹고 어울리게 됐다. 절친이라고 말하긴 애매하지만, 친하지 않다고 말하기도 애매한 관계.

"오늘부터 몇 주간 진짜 작가가 와서 도서관에서 특강하는 거 알지? 김성경 작가라고 했나."

정아가 고개를 끄덕였다. 담당인 끄덕쌤이 지난주 CA 시간에 몇 번이나 강조했다. 청소년 소설 작가의 지도 아래 8주간 '책

만들기' 수업을 한다고 했다.

"되게 유명한 작가래."

"유명하면 우리가 알아야 하지 않아?"

"아는 작가는 있어?"

하윰이 눈을 반쯤 뜬 채 장난치듯 말했다.

톨스토이, 셰익스피어, 조앤 롤링 같은 외국 작가만 떠올랐다. 그렇다고 톨스토이 책을 읽어 본 건 아니다. 베토벤이나 모차르트처럼 들어서 알 뿐이다. 지금 활동하는 청소년 소설 작가 하면 딱 떠오르는 사람이 없었다. 나는 책 읽는 걸 좋아하나?

정아는 자신을 되돌아봤다. 어릴 때부터 동화책이든 소설책이든 에세이든 가리지 않고 읽었지만 책을 읽고 가슴이 뛴 적은 없었다. 이런 미지근한 마음과 태도가 공부든 글이든 보통 정도에만 머물게 하는 이유는 아닐까? 정아는 자신이 냉탕도 온탕도 아닌 세계에서 살아가고 있는 것 같았다.

글쓰기 동아리 멤버는 1, 2학년을 합쳐도 12명뿐이었다. 3학년은 가입은 돼 있지만 활동하지 않는다고 한다. 어느 학교나 글쓰기 동아리는 영화나 춤 동아리보다 인기가 없었다.

"안녕."

청하가 인사를 했다. 하윰과 정아도 손을 흔들었다. 청하와 반은 다르지만 동아리 중 몇 명 안 되는 1학년이어서 친하게 지낸다. 끄덕쌤이 어떤 사람과 함께 교실에 들어왔다.

"지난주에 말했지? 김성경 작가님이야."

키가 작고 통통했다. 정아가 상상한 작가는 신경질적이고 예민해서 말 한 마디 그냥 넘기지 않을 듯한 분위기였다. 밥도 숟가락이 아니라 젓가락으로 집어 먹을 것 같았고. 정아가 작가에 관해 아는 건 미디어에서 접한 모습이 전부였다.

김성경 작가가 고개를 살짝 숙였다 들었다. 안녕하세요, 라는 말이 여기저기서 들려왔다.

"사실 나랑 동창이야. 고등학교 친구."

끄덕쌤은 자부심이 넘치는 표정이었다.

"나는 얘가 작가가 될 줄 알았어. 고등학생 때부터 글 잘 쓰는 걸로 유명했거든. 스승의 날에도 학생 대표로 선생님께 편지 쓰고."

김성경 작가가 끄덕쌤을 살짝 밀쳤다.

"왜에. 맞잖아. 앞으로 8주 동안 지금 활발하게 활동하는 작가가 글 쓰는 법에 대해 직접 가르쳐 줄 테니 한마디도 놓치지 말고 다 자기 것으로 만들어야 돼. 어디 가서 이런 수업 못 들어. 일일 특강도 아니고 무려 8주 특강이야. 이거 선생님이 교육청 지원 받으려고 얼마나 노력했는지 알아?"

끄덕쌤의 말이 길어질 것 같자 김성경 작가가 미간을 찌푸리며 못 말린다는 듯이 고개를 저었다. 정아와 하윤이 입을 가린 채 웃었다.

"가 봐야 하지 않아?"

김성경 작가가 끄덕쌤을 문밖으로 밀어 냈다. 문을 닫은 후에야 "원래 말이 저렇게 많아요. 선생 안 했으면 길바닥에서라도 혼자 말했을 거예요."라고 했다. 그러고는 우리를 쭉 둘러본 뒤 다시 말을 이었다.

"친구여서 좋게 소개해 줬지만, 실은 작가라고 해서 글쓰기를 잘 가르치는 건 아니에요. 예를 들어, 전교 1등이라고 해서 공부를 잘 가르치는 건 아닌 것처럼요. 아예 모르는 사람보다야 낫겠지만 뭐에 비유하면 좋을까? 요리! 손맛 좋은 사람한테 레시피를 물어보면 간장 쪼금, 설탕 쪼금 넣어서 조물조물 무치라고 하잖아요. 조금이 도대체 얼마야? 소설도 그래요. 제가 아무리 이론을 설명해 봤자 그대로 못 써요. 그래도 어떡해요? 쓰는 수밖에 없지."

김성경 작가가 차분히 말하다 흥분하다 다시 차분해졌다. 정아는 고개를 숙이고 웃고는 하윤을 봤다. 하윤도 웃고 있었다.

"흠흠. 강의 방향을 말씀드리자면, 제가 여태까지 글쓰기 수업을 하면서 느낀 건, 이론도 중요하지만 직접 써 보는 게 중요하다는 거예요. 그래서 이 수업은 많이 쓰는 시간이 될 거예요. 그걸 책으로 묶을 거고요. 5주 차에 각자 원고지 50매 분량의 원고를 제출하고, 저와 피드백을 주고받은 다음 8주 차에 제가 제본을 해 올 거예요. 오늘은 첫 수업이니까……. 아, 근데 제가 말이 너무 많죠? 옥주한테 뭐라 할 게 아니네요."

작가가 혼자 키득 웃었다. 끄덕쌤을 귀찮아하는 듯했는데, 왠지 둘이 만나면 하루 종일 웃을 것 같다는 생각이 들었다. 마치 하윰이 정아를 귀찮아하면서도 늘 정아와 함께하기를 원하는 것처럼.

"작가님은 원래부터 작가가 꿈이었어요?"

하윰이 물었다. 작가가 고개를 갸우뚱하더니 "저는 대학교 졸업하고 나서야 작가가 되어야겠다, 마음먹은 케이스예요. 아까 옥주도 말했지만, 사실 어릴 때부터 각종 백일장에서 상도 받고 여기저기서 잘 쓴다고 하니까 제가 글을 잘 쓴다는 생각은 하고 있었어요. 그래도 작가 되고 싶은 마음은 없었는데, 졸업하고 바이럴마케팅 회사에 취직했더니 맨날 포천 사는 30대 주부입니다, 옆집 솔이 엄마가 써 보라고 해서 미심쩍은 마음으로 사용하기 시작했는데 몇 번 사용하다 보니 이젠 뭐뭐 세제 없이는 빨래를 할 수 없는 상태가 되었습니다, 이런 걸 쓰고 있더라고요. 그래서 이럴 바에야 소설 쓰는 편이 낫겠다 싶어서. 휴우." 하고 웃었다.

"그럼 마음먹고 바로 작가가 된 거예요?"

"저도 그럴 줄 알았거든요?"

김성경 작가가 고개를 절레절레 저었다.

"착각이 이렇게 무서운 거예요. 이렇게 오래 걸릴 줄 알았으면 아마 시작도 안 했을 거예요. 모르니까 하지."

작가가 학생들을 돌아보더니 "여기 혹시 작가가 꿈인 친구 있어요?" 하고 물었다. 하윤이랑 몇몇 아이가 손을 들었다. 정아는 손을 들지 않았다.

"작가가 꿈인 친구들에겐 글쓰기부터 시작해서 한 권의 책을 만드는 과정이 큰 도움이 될 것 같아요. 아닌 친구들에게는 자기가 어떤 글을 쓸 수 있는지 알 수 있는 기회가 되고요."

작가가 칠판에 '내 눈으로 바라본 교실 풍경'이라고 적었다.

"오늘은 첫 수업이잖아요. 앞으로 제가 하게 될 수업에서 가장 중요한 이야기를 지금 할 거예요. 그 말을 하기 전에 여러분에게 30분 시간을 줄게요. 지금 교실 풍경을 글로 써 보세요."

"지금요?"

하윤이 물었다. 작가가 고개를 끄덕였다.

"네, 지금요."

"어떻게 써요?"

청하가 물었다.

"그냥 평소처럼 쓰면 돼요. 그냥 막 쓰세요. 30분 되면 말해 줄게요."

교실 풍경에 대해 그냥 막 쓰라고? 청하는 벌써 글을 쓰기 시작했다. 정아도 노트에 '교실 풍경'이라고 적다가 '내 눈으로 바라본 교실 풍경'이라고 적었다.

정아는 교실을 둘러봤다.

하윤과 청하, 그 밖에 여러 아이들이 있었다. 이 아이들은 이 교실 풍경을 어떻게 바라볼까? 나는? 정아는 글을 써 내려갔다.

"시간 다 됐어요."

누가 시간을 싹둑 가위로 자른 것 같다. 시간이 어떻게 흘렀는지 모르겠다. 그나저나 교실 풍경을 쓰라고 했는데 다른 이야기를 쓴 것 같다.

"누구 발표해 볼 친구 있어요? 없죠? 당연히 그렇겠죠. 다 발표할 거예요. 제가 한 명씩 지목할게요. 우선은 하유미? 유미를 시작으로 오른쪽으로 차례차례 발표할게요."

하윤이 고개를 푹 숙였다가 들었다.

"그냥 읽어요?"

작가가 고개를 끄덕였다.

한마디도 오가지 않지만 나는 이곳이 사람들이 몰린 토요일 대형 마트 같다. 쓱싹쓱싹 바쁘게 연필 쓰는 소리가 들린다. 다들 어떤 글들을 쓰고 있지? 궁금하다. 아홉 명의 아이들이 각자 자신의 이야기를 쏟아 내기 바쁘다. 정아는 뭐라고 쓰고 있을까? 청하는?

인생을 살면 살수록 느끼는 건 우리가 같은 것을 보지만 다르게 본다는 거다. 담임이 자주 하는 말 중에 이런 게 있다. 물이 반 정도 찬 물컵을 보고 누군가는 '물이 반이나 있네.' 하고 누군가는 '물이 반밖에 없네.'라고 한다고 했다. 나는 어떤 사람일까? 나는 아마도 그런 생각조차 없이 바로 꿀떡꿀떡 마셔 버릴 것 같다. 목마른 건 딱 질색이니까!

하윰이 발표를 마치고 자리에 앉자 작가가 "고생했어요."라고 말했다.

"제가 교실 풍경에 대해 써 보라고 했더니 유미 학생은 뭐라고 했어요? 대형 마트 같다고 했죠? 쓱싹쓱싹 연필로 글을 쓰는 소리가 마트의 소음처럼 느껴졌다는 거예요. 글이 말을 한다고 생각하면 참 재밌네요. 다음은 정정아? 성이랑 이름 앞 글자가 같네요. 잊기 힘든 이름이에요. 정아가 발표해 볼게요."

정아가 자신이 쓴 글을 읽었다.

갑자기 교실 풍경에 대해 쓰라고 하니까 솔직히 뭐라고 써야 할지 모르겠다. 전학 오기 전에 다녔던 학교랑 비슷하다.

굳이 다른 점이 있다면 예전엔 리라가 내 옆에 있었다면 이젠 하윤이 내 곁에 있는 것이다. 친구는 서로를 알아보는 걸까? 끄덕쌤이 같은 동아리라고 소개해 주지 않았더라도 하윤과 친해졌을 것 같다. 이유는 모르겠다. 그냥 그런 느낌이 든다. 나와 같은 일자 앞머리 때문일까? 우리 둘이 같이 있으면 얼굴이 다른데도 키와 머리 스타일 때문에 비슷해 보인다.

청하는 얼굴만 보고는 새침할 것 같았는데 떡볶이 먹는 거 보고 깼다. 지금도 새침한 표정으로 열심히 글을 쓰고 있지만 이따 같이 분식집에 가면 혼자 3인분은 먹을 거다. 누구는 1인분 먹어도 2인분만큼 살이 찌는데 누구는 3인분을 먹어도 며칠 굶은 사람처럼 마른 걸까? 세상은 참 불공평하다.

가만 보면 지금 교실도 그렇다. 우린 모두 다른 환경에서 다른 장단점을 가지고 살아간다. 하윤은 어릴 때부터 백일장만 나가면 상을 받을 정도로 글쓰기에 재능이 있다고 들었다. 언제부터 글을 잘 썼냐고 물었더니 기억이 나지 않는다고 했다. 나는 교내 대회에서 몇 번 상을 받은 게 전부. 그렇다면 하윤이 나보다 글쓰기 공부를 더 열심히 하고, 나는 덜 열심히 해서 그런 차이가 생겼을까?

내가 너무 비관적으로 보는지는 모르겠지만, 난 인생이 불공평

한 것 같다. 대식가에 운동도 안 하는 청하가 빼빼 마른 것도, 백일
장에 나가기만 하면 상을 받는다는 하윰도. 나는 그렇다면 어떤 장
점이 있을까? 아직까진 그걸 못 찾은 것 같다.

"정아는 교실 풍경에 대해 이야기해 보라고 했더니 불공평에
대해 이야기하네요. 신기하죠?"

김성경 작가가 아이들을 둘러봤다.

"다들 교실 풍경으로 시작은 하지만 결국 자기 이야기를 하
죠? 이번엔 임청하? 청하가 발표해 볼게요."

교실은 빨주노초파남보 무지개색이다. 김성경 작가님은 빨간색
이다. 글쓰기 수업 첫날부터 우리들한테 글을 쓰라고 시키는 걸 보
면 열정적인 것 같다. 정아는 주황색이다. 빨간색도 노란색도 아닌
그 사이 어딘가. 정아의 생각이 궁금할 때가 있다. 유미는 파란색이
다. 행동이 경쾌하다. 말할 때도 뜸 들이지 않고 생각대로 바로바
로 말한다. 나는? 나는 보라색이다. BTS 때문만은 아니다. 아니, 맞
다. BTS 때문이다.

내가 좋아하는 것들이 나를 규정한다.

청하가 자리에 앉았다.

"청하는 교실 풍경을 색으로 표현했네요. 여러분, 제가 오늘 여러분에게 왜 다짜고짜 교실 풍경에 대해 글을 써 보라고 한 줄 알아요?"

정아는 고개를 저었다.

"저는 청소년문학상을 받으면서 작품 활동을 시작했어요. 그런데 오랫동안 준비해서 첫 책을 냈는데 아무런 반응이 없는 거예요. 너무 속상했죠. 저한테는 무척 소중한 한 권의 책이지만 사실 하루에도 새 책이 얼마나 많이 쏟아져 나오나요? 글을 계속 써야 하나 말아야 하나 고민이 많았어요. 세상에는 대단한 작품이 많잖아요. 셰익스피어, 톨스토이, 박완서, 이청준 작가 책들 읽을 시간도 부족한데 제 책을 꼭 읽을 필요가 있을까요? 저는 이런 생각을 정말 오랫동안 했어요. 제가 어떤 결론을 내렸을까요?"

작가가 탁자에 놓인 커피를 마셨다.

"꼭 쓸 필요는 없다! 예요."

에이, 어, 헐. 이런 소리가 웅성웅성 들려왔다.

"근데도 쓰고 싶다면 쓰면 된다, 고요. 너무 진부한 말이지만 세상에는 나만 쓸 수 있는 글이 있다고 생각하거든요. 잘 쓰건 못 쓰건, 독자들에게 사랑을 받든 안 받든 오로지 나만이 쓸 수 있는 글이 있다는 걸 깨달았어요. 어떻게 그걸 알게 됐는지 하나하나 설명할 수는 없지만, 어느 날 제가 쓴 글을 읽다가 아, 이건 내 거다, 하는 생각이 들었어요. 나만의 것. 그런 감각을 느낀 후부터는 그냥 썼던 것 같아요.

여러분! 아까 교실 풍경에 대해 써 보라니까 정아는 세상이 불공평하다고 쓰고, 유미는 대형 마트처럼 시끄럽다고 쓰고, 청하는 색으로 표현했죠? 왜 이렇게 다른 글이 나왔을까요?"

작가가 침을 삼켰다. 정아는 학생들의 눈동자가 작가에게 집중되는 걸 느꼈다. 김성경 작가에게는 사람들을 집중시키는 힘이 있었다.

"우리가 다 다른 사람이기 때문이에요. 똑같은 글은 세상에 있을 수 없어요. 우연히 한 문장이 같을 수는 있죠. 그런데 두 문장 세 문장이 우연히 같을 수가 있을까요? 신데렐라 이야기도 그래요. 왕자와 결혼하는 이야기는 세상에 많죠. 그런데 그 안으로 들어가서 자세히 살펴보면 인물들이 처한 상황이나 성격 등이 다 달라요."

교실에 적막이 흘렀다. 학생들이 작가의 말에 몰입했다.

"저는 우리가 다르다는 사실이 세상에 많은 글이 필요한 이유라고 생각합니다. 우리가 노트를 펼치고 펜을 드는 이유는 세상에서 유일한 존재인 자신을 증명하기 위해서라고 생각해요. 8주간 어느 누구도 쓸 수 없는 나만의 글을 쓰는 시간을 가졌으면 좋겠습니다!"

김성경 작가가 당차게 말했다.

수업을 마치고 분식집으로 가는 길에 정아는 '나만 쓸 수 있는 글'이 자꾸 떠올랐다.

* * *

"3인분, 1인분, 1인분. 맞지?"

분식집 사장님이 정아 일행이 들어서자마자 물었다. 청하와 유미, 정아는 따로 주문해서 먹는다.

"순대도요. 어, 헴!"

혜지가 입구에 서 있었다.

"같이 먹자."

하윰의 말에 혜지가 "포장해서 언니랑 먹으려고." 했다. 정아는 같은 반인 혜지와 아직 제대로 대화해 본 적은 없다. 하윰이 손동작이 크고 빠르게 걷는다면 혜지는 정반대였다. 혜지 역시 절친한 친구는 없어 보이지만 대부분의 아이들과 잡담 정도는 하고 지내는 것 같다. 정아도 어색하게 손을 들었다.

"뭐 쓸 거야?"

청하가 물었다.

"난 소설. 좀비가 학교를 집어삼키는 이야기 쓸 거야."

하윰이 말했다.

"그거 넷플릭스에 나오지 않았어?"

"아까 작가님이 그랬잖아. 신데렐라 이야기도 많지만 자세히 들여다보면 전부 다르다고. 넷플릭스에 나온 좀비 이야기랑은 전혀 다른 이야기가 될 거야."

"재밌겠다."

정아가 동조하면서 자신은 어떤 이야기를 쓸지 생각했다. 딱히 떠오르는 게 없었다. 백일장처럼 차라리 소재를 정해 주면 좋겠다는 생각도 들었다.

"근데 책으로 만들어 준다니까 신기하다. 표지에 우리 이름 들어가는 거잖아."

청하가 포크로 떡볶이를 한 번에 세 개 찍으면서 말했다.

"진짜 세상에 하나밖에 없는 책이네. 꼭 우리 인생 같다. 아이돌은 베스트셀러고 우린 그냥 몇 권 팔리지 않는 책인 거야."

"그렇게 말하니까 슬프다."

청하가 맞장구쳤다.

"비유가 잘못됐어. 판매만 중요한 게 아니잖아. 한 권 팔린 책이라도 그 책을 읽은 사람에겐 인생 책일 수 있으니까. 나 지금 멋진 말 했지?"

정아의 말에 하윰과 청하가 토하는 시늉을 하고는 다시 떡볶이를 먹었다. 정아도 피식 웃고는 떡볶이를 먹었다. 전학 오기 전 리라와 자주 가던 학교 앞 분식집 떡볶이에는 고추장보다 케첩이 더 많이 들어갔다. 여긴 고추장보다 고춧가루가 더 많이 들어갔다. 훗날 떡볶이를 먹을 때면 맛에 따라 리라와 하윰, 청하를 각기 떠올릴 것 같았다.

* * *

문을 여는 순간 아는 목소리가 들렸다.

"정아니?"

새엄마였다.

"네. 오셨어요?"

아줌마가 국자를 든 채 거실로 나왔다. 장 여사는 소파에서 텔레비전을 보고 있었다. 그놈의 트로트는! 지겹다고 생각하면서도 소녀처럼 들떠서 트로트를 듣는 장 여사가 귀엽게 느껴졌다.

"오랜만이지? 떡볶이 좀 했어. 저녁 먹기 전에 간식으로 먹자."

"떡볶이요? 방금 애들이랑 먹고 왔는데……."

아줌마 표정이 금세 변했다. 내가 잘못한 걸까? 아줌마가 떡볶이 만들어 놨다고 미리 연락을 줬으면 먹고 오지 않았다.

"미리 연락 주셨으면……."

"내가 해 주는 거 먹기 싫어서 괜히 그러는 거 아니야?"

아줌마가 두 손을 허리춤에 올린 채 정아를 뚫어지게 쳐다봤다.

"제가요? 제가 왜요?"

아줌마와 살갑게 지내지는 않아도 서로 부딪친 적은 없다. 누가 무슨 말을 하든 어색한 미소를 지은 채 고개를 끄덕였다. 그런데 갑자기 왜 이러는 걸까? 정아는 아줌마가 화난 이유를 알 수 없었다. 화난 이유를 알 수 없다기보다는 갑작스러운 감정 표출을 이해할 수 없었다.

"아휴, 시끄러워! 우리 영웅이 목소리 안 들리네."

장 여사가 텔레비전 볼륨을 높였다.

"그럼 이따 저녁이나 같이 먹자. 고추장돼지불고기 해 줄게. 너 좋아하잖아."

아줌마는 정아의 대답도 듣지 않고 자리를 떠났다.

정아는 방으로 들어가 침대에 누워 조금 전의 대화를 돌아봤다. 아줌마는 왜 떡볶이를 먹고 온 게 거짓말일 거라고 생각했을까? 교복 윗도리에 묻은 빨간 양념 자국이라도 보여 줘야 할까? 이내 고개를 저었다. 본질은 그게 아닌 것 같았다.

아줌마가 해 주는 음식이 먹기 싫어서 정아가 일부러 거짓말을 한다고 생각하는 게 본질이었다. 침대에서 벌떡 일어나 방문을 열고 나가려다 멈칫했다. 왜 그렇게 생각하세요? 라고 따질 자신이 없었다.

저녁 식탁엔 아줌마가 말한 대로 고추장돼지불고기가 올라와 있었다. 장 여사는 트로트를 흥얼거리면서 고추장돼지불고기며 미역줄기볶음 등을 먹었다.

"넌 비계 있는 거 더 좋아하지?"

아줌마의 말에 정아가 고개를 끄덕였다.

"월차 내신 거예요?"

아줌마도 고개를 끄덕였다. 아까 일을 꺼낼까 말까 고민하다가 정아는 "맛있어요." 하고 말았다.

사실 아줌마는 요리를 썩 잘하는 편이 아니다. 결혼 전에는 부모님과 함께 살았고 결혼 후에는 대부분 아빠가 요리를 했다. 아빠 요리는 생존용에 가깝다. 정아와 둘만 살 때 김치찌개를 한 솥씩 끓이고 멸치조림도 1kg씩 했다. 주로 오래 먹을 밑반찬을 해 두고 며칠에 한 번씩 국과 찌개를 끓였다. 솔직히 김치찌개 한 번 먹으면 다음 날 또 먹기 싫다. 그래도 꾸역꾸역 먹었다.

아빠가 걱정할까 봐. 아줌마가 집에 온 뒤로는 아줌마가 말려서 음식을 조금씩 하기 시작했다. 덕분에 김치찌개를 사흘씩 먹지 않아도 됐다.

아줌마는 이따금 유튜브를 보면서 음식을 해 줬지만, 고마운 마음과는 별개로 아줌마의 요리는 맛이 없었다. 아줌마가 엄마 역할을 하려고 하면 할수록 괴로웠다.

"어머님도 뵙고 너도 보려고. 겸사겸사. 학교는 어때? 주말마다 올라오겠다더니 3주가 지나도록 한 번을 안 올라오네. 아빠가 섭섭해해."

"적응하느라 바빴어요."

"친구는 좀 사귀었어? 글쓰기 동아리 들어갔단 얘기는 들었어."

정아는 고개를 끄덕였다.

"너는! 애가 밥을 못 먹네. 먹고 말해라."

장 여사가 눈치를 주자 아줌마는 그제야 젓가락을 들었다. 아줌마와 함께 있으면 늘 어색하다.

엄마는 정아가 초등학교 들어가기 전에 세상을 떠났다. 예고는 없었다. 사고였으니까.

솔직히 엄마 기억은 거의 없다. 기억이 많은 편이 좋을까 아니

면 적은 편이 좋을까. 엄마가 살아 있었다면 아줌마처럼 늙었을
까? 정아 기억 속의 엄마는 키도 몸집도 컸다. 아빠와 엄마가 연
애할 때 찍은 사진을 보고서야, 자기가 작아서 엄마가 크게 느
껴졌다는 걸 알았다. 지금 엄마를 만난다면 아마도 작게 느껴질
것이다.

사람이 태어나 자라고 늙는 게 자연의 이치라는데 엄마는 늙
지 못하고 죽었다.

"괜찮아?"

고개를 들었다. 다행히 눈물은 떨어지지 않았지만, 코끝이 매
웠다.

"매워서요."

"매워? 고춧가루 너무 많이 넣었나?"

"나는 괜찮은데."

장 여사가 젓가락으로 고추장돼지불고기를 집었다.

"그래도 맛있어요."

남기면 더 서먹해질 것 같아서 억지로 접시를 비웠더니, 아줌
마가 한 접시 더 가져왔다. 내가 해 주는 거 먹기 싫어서 그런 거
아니고? 아까 들은 말이 떠올랐다. 정아는 꾸역꾸역 고기를 입
에 넣었다. 만약 친엄마였다면 엄마가 한 요리 맛없어, 안 먹을
래, 라고 할 수 있었을까? 정아는 자신과 아줌마가 서로를 배려

하느라 점점 최악의 관계로 치닫는 건 아닐까 생각했다.

접시를 다 비우고 자리에서 일어서는데 아줌마가 상자 하나를 내밀었다.

"네 앞으로 온 거야. 택배인 줄 알았는데 보낸 사람이 따로 없었어. 우리 집 앞에 놓고 갔나 봐."

상자에 붙은 고양이 마스킹 테이프를 보자마자 리라가 떠올랐다. 중학교 1학년부터 고등학교 1학년 1학기까지 내내 친하게 지냈으니 이런 취향쯤은 한눈에 알아볼 수 있다. 방에 돌아와 상자를 물끄러미 바라보다가 서랍에 넣었다.

리라와의 일만 아니었으면 청주에 있는 학교로 전학 올 일도 없었을 것이다. 그랬으면 지금쯤 아줌마와 더 친해졌을까? 아빠랑 아줌마는 신혼이나 마찬가지인데 방해꾼이 없는 편이 나을 수도 있지 않을까.

"산책할래?"

"아뇨."

아줌마가 방 앞에서 한동안 머무는 게 느껴졌지만, 정아는 모른 척했다. 정아도 방문 앞에 한참을 서 있었다.

이튿날 아침, 아줌마는 일찍 떠났다. 용돈을 20만 원이나 줘서 마음이 좋지 않았다. 돈이 싫은 게 아니라 아줌마와 관계가 점점 나빠지는 것만 같았기 때문이다. 어떻게 해야 풀릴 수 있을까? 답이 없어 보였다.

* * *

점심을 먹고 책상에 엎드려 있는데 혜지가 캔커피를 내밀었다. 마시고 나면 혓바닥에 설탕 찌꺼기가 남는 기분이 들어서 정아는 캔커피를 별로 좋아하지 않는다. 그렇지만 혜지의 마음이 고마워서 냉큼 받았다.

"담엔 나도 사 줄게."

"됐어. 근데 너 혹시 전학 오기 전에 다니던 학교가 인천여고야?"

"응. 왜애?"

혜지가 고개를 저었다.

"아니. 그냥 그렇게 들은 것 같아서."

"어? 뭐야? 나는? 내 거는?"

하윰이 어느새 자리로 다가왔다.

"딱 하나 남은 거라. 담에 사 줄게."

혜지가 자리로 돌아갔다.

"둘이 친해?"

하윰이 정아에게 물었다.

정아가 고개를 젓자 하윤이 "너랑 친해지고 싶나 보다." 말했다.

"설마."

정아의 말에 하윤이 의외라는 듯 다시 물었다.

"왜 설마야?"

그러고는 하윤이 크큭 거리면서 "너 누가 잘해 주면 다단계나 사이비로 생각하는 스타일이지?" 물었다.

"약간?"

"오, 아주 올바른 자세야. 누가 이유 없이 잘해 주면 의심해야 돼. 특히 잘생긴 남자일수록 더더욱. 나 저번에 어떤 잘생긴 오빠가 말 시키길래 엄청 긴장했는데, 나한테 자꾸 눈이 맑다 어떻다 그러는 거야."

"더 안 들어도 슬프다."

정아가 하윤의 어깨를 토닥거렸다.

"인생은 원래 슬픈 거야."

"만약에 진짜 진짜 잘생겼는데 다단계도 아니고 사이비도 아닐 확률은?"

이번엔 정아가 하윤에게 물었다.

"0프로."

하윤이 딱 잘라 대답하자 정아가 고개를 갸우뚱했다.

"에이, 1프로는 되겠지."

"아니야. 무조건 0프로. 기대 같은 거 하지 마. 그런 작은 기대가 인생을 수렁에 빠뜨리는 거야."

정아가 몇 모금 마신 캔커피를 내밀자 하윰이 받아 마셨다. 웃는 걸 들킬까 봐 고개를 숙였는데 자꾸 어깨가 들썩였다. 하윰이 정아의 어깨를 툭 쳤다.

캔커피도 졸음에는 별 소용이 없었다. 꾸벅꾸벅 졸고 났더니 CA 시간이 됐다. 일주일은 참 빠르다.

김성경 작가는 두툼한 카디건을 입고 있었다. 아직 코트를 입기엔 애매한 날씨였다.

"작가님, 예뻐요."

하윰이 말하자 "그런 말 안 믿어요."라고 시크하게 답하고는 칠판에 '자화상'이라고 적었다.

"이번엔 20분 줄게요. 자화상이란 스스로 그린 자기 초상화를 뜻하죠. 자화상은 본인만 그릴 수 있어요. 여러분은 화가가 아니라 작가니까, 자기가 생각하는 자기 모습을 써 보세요."

정아는 지난번처럼 어리둥절하지는 않았다. 정아와 청하, 하윰은 노트에 글을 적기 시작했다.

"다 썼어?"

5분이나 남았는데 하윰은 벌써 다 썼는지 낙서를 하고 있었다.

"너도?"

정아도 고개를 끄덕였다.

"바꿔 볼래?"

정아가 즉흥적으로 말했다. 청하는 아직 못 썼는지 어깨를 숙인 채 열심히 쓰고 있었다. 하윰이 거리낌 없이 노트를 내밀었다.

나는 입이 없다. 귀는 세 개다. 엄마는 나만 보면 말한다. 동생 좀 봐 줘. 집 청소 좀 도와줘. 설거지 좀 해 줘. 엄마, 엄마. 내가 부르면 엄마는 마치 안 들린다는 듯이 대답하지 않는다. 그래서 나는 귀를 잘랐다.

나는 입도 없고 귀도 없다.

대신 입이 있어야 할 곳에 손이 있다. 글을 쓸 때 자유로움을 느낀다. 백일장에서 상을 받으면 엄마는 갑자기 내 말이 들리는지 내 말에 반응한다. 엄마에게 관심 받는 법을 이젠 알 수 있다.

하윰의 가정사에 대해선 잘 몰랐다. 정아도 아빠의 재혼 이야기를 굳이 하지 않았으니까 피차일반이다. 우리 엄마 새엄마야. 뜬금없이 이런 말을 하는 것도 웃기니까.

"막내 동생이 어려?"

"초딩."

"어리네. 귀엽겠다."

"동생 없는 거 티 내냐?"

"너는 뭐라고 썼어?"

하윰이 정아의 노트를 가져갔다.

내 얼굴 대신 토끼나 고양이 얼굴을 그려 놔도 부인하지 못할 것 같다. 사자나 호랑이도. 곰이나 공룡이라도. 아니, 공룡은 아니다. 내가 누군지 도무지 모르겠지만 공룡이 아닌 건 확실하다. 공룡처럼 못생길 리는 없으니까. 세상에 자신이 누구라고 확신하는 사람이 있을까?

내가 만약 고양이라면 고양이 발톱으로 긁고 싶은 사람들이 몇명 있다. 실명은 말할 수가 없지만, 내가 한때 가장 믿었던 친구다. 내가 자기를 배신했다고 생각한다는 게 어이없다. 자기가 먼저 배신했으면서.

근데 긁지는 않을 거다. 친구 얼굴에서 피가 나면 속상할 것 같으니까. 그러니 고양이가 아닌 건 확실하다. 그럼 난 강아지일까? 그러기엔 엄마나 아빠 앞에만 가면 퉁명스러워진다. 부모님을 살갑게 대하는 게 자존심 상한다고 느껴지면 그건 누구 잘못일까?

> 나는 아무래도 고양이도 강아지도 아닌 나인가 보다. 내가 누군
> 지는 모르지만, 나인 건 확실하다.

하윤이 나를 보더니 "고양이?" 하고는 피식 웃었다.

"상상이 안 가. 넌 완전히 곰과야."

"곰? 말도 안 돼."

정아가 못 믿겠다는 듯 하윤을 바라봤다.

"넌 누가 너 좋아해도 모를걸? 너는 딱 곰이야."

하윤이 확신을 갖고 정아에게 말했다.

"넌 입이 없고 귀가 세 개인 게 아니라 입이 세 개에 귀가 없
는 건 아니고?"

정아의 말에 하윤이 피식 웃었다.

"우리 바꿔서 발표해도 아무도 모를 듯? 다들 관심 없잖아."

하윤의 말에 정아가 멈칫했다. 오, 꽤 재밌을 것 같았다.

"진짜 그럴까? 애들이랑 작가님이 알아채는지 아닌지 보자."

정아가 대답하며 하윤에게 눈을 찡긋했다.

이번 수업 때는 뒷자리에 앉은 사람부터 발표를 했다. 다른 아
이들의 발표가 이어지는 와중에도 청하는 자기가 쓴 글을 수정
하기 바빴다.

드디어 하윰의 차례가 됐다. 하윰이 '내 얼굴 대신 토끼나 고양이 얼굴을 그려 놔도 부인하지 못할 것 같다.'라고 하는 대목에서 정아는 가슴이 떨렸다. 작가의 눈치를 살폈더니 고개를 끄덕이기만 할 뿐 별다른 반응이 없었다. 다른 애들도 마찬가지였다.

"고양이? 그러고 보니 유미 눈이 고양이 눈 같기도 하네요. 제가 자화상이라는 키워드를 줬는데 유미는 글 초반에 자신의 실제 얼굴을 묘사하지 않고 고양이 같다고 했어요. 고흐는 자화상에서 귀를 그리지 않았죠? 자기가 보는 대로, 자기가 생각하는 대로 쓰고 그리면 돼요. 질문 하나 할게요. 남이 생각하는 내 모습이 더 중요할까요, 아니면 내가 생각하는 내 모습이 더 중요할까요?"

작가가 교실을 둘러봤다.

"남들이 나를 바보로 생각하면, 나는 바보예요?"

아뇨, 라는 소리가 들려왔다.

"남들이 날 예쁘다고 하면, 내가 예쁜 거예요?"

"그건 맞죠."

하윰이 답했다.

정아를 포함해 아이들이 까르르 웃었다.

"아이돌 보면 다 예쁘다고 하잖아요."

"그 말도 맞지만, 얘 눈에는 예쁜데 내 눈에는 안 예쁜 친구도 있잖아요. 그럼 누구 말을 들어야 해요?"

"예쁘다는 친구 말요."

이번에도 하윤이 답했다.

"좋아요. 좋은 자세예요. 제가 하고 싶은 말은 남들이 나를 어떻게 평가하든 그건 그 사람들의 판단이라는 거예요. 그걸 받아들일지 말지는 내가 선택하는 거고요. 초상화는 남이 그려 주는 그림이고 자화상은 내가 그리는 그림이잖아요. 우린 가끔 초상화만 너무 믿을 때가 있어요. 그렇지만 내가 보는 내 모습도 중요하잖아요. 남들 눈에 좀 별로면 어때요? 내가 괜찮다는데. 안 그래요? 제가 오늘 여러분한테 자화상을 소재로 써 보라고 한 이유는요, 언제 어디서든 자신의 눈으로 자신을 바라볼 수 있는 사람이 되라고 말하고 싶어서예요. 유미가 방금 자신은 고양이 같다고 했잖아요. 고양이는 남들에게 곁을 잘 내주지 않죠? 유미는 제가 두 번밖에 안 봤지만 수업 시간에 대답도 잘하고 활발해 보이거든요. 그러나 그런 외향적인 모습 안에 아마도 사람을 경계하는 모습이 있나 봐요. 유미의 마음이 궁금하네요."

작가가 하윤을 칭찬하자 정아는 기분이 묘해졌다. 내가 쓴 거예요, 라고 말할까 하다가 하윤이 말이 없어서 그냥 입을 닫았다.

이어 정아와 청하가 글을 읽었지만 별다른 반응은 없었다.

"이번에 여러분이 책을 만들잖아요. 소설이든 동화든 에세이든 장르 상관없이 쓰고 싶은 걸 쓰면 돼요. 다음 주까지 어떤 이야기를 쓸지 정해 오면 제가 개인적으로 한 명 한 명 코치해 줄게요."

작가의 말이 이어졌다.

정아는 뭘 쓸까 생각하는 와중에도 작가의 칭찬이 신경 쓰였다. 글에 대한 칭찬이라면 기뻐해야 했지만 작가가 하윤을 칭찬한 게 마음에 걸렸다. 하윤이 고양이랑 닮았다니! 작가는 글을 쓴 사람이 누군지 바로 알아챌 수 있을 거라 생각했는데 아니었다.

"그냥 장난삼아 바꿔 읽었다고 말할까?"

하윤의 말에 정아가 고개를 저었다. 별것 아니라고 생각했다. 글 한번 바꿔 읽은 걸 가지고 무슨 일이 일어나지는 않을 테니까.

이런 안일한 생각이 인생을 어느 방향으로 끌고 나갈지 아직 아무것도 몰랐다.

하윰

이름 하유미. 어릴 때부터 별명은 하윰이었다. 신기한 건 어딜 가나 별명이 마지막엔 '하윰'으로 통일된다는 거다. 유미야, 윰아, 윰, 하윰! 이런 과정을 거쳐서. 2학기가 시작되고 일주일도 안 돼 전학 온 정아도 며칠 만에 하윰이라고 불렀다.

"백일장 나간다고?"

엄마가 태양이에게 아침밥을 챙겨 주며 물었다. 하윰이 고개를 끄덕였다.

"학교에서 하는 거야?"

"아니. 김영란 백일장이라고, 도에서 주최하는 거야."

"큰 대회네. 언제라고? 오늘? 내일?"

하윰이 한숨을 내쉬었다. 토요일 오후에 백일장 참석했다가 친구들이랑 같이 저녁 먹고 늦게 온다고 엊그제부터 몇 번을 말했는지. 엄마는 늘 하윤의 말을 흘려들었다.

"하태양! 묻지 말고 씻으랬지? 어?"

듣지도 않으면서……. 하윤은 혼잣말을 하며 집을 나섰다. 너는 왜 아침 안 먹어? 같은 말은 들리지 않았다. 어릴 때부터 아침을 안 먹은 건 아니다. 태양이가 태어나기 전까지는 먹었던 걸로 기억한다.

아빠는 두바이에서 플랜트 일을 한다. 6개월이나 1년에 한 번 한국에 들어온다. 엄마는 둘째를 임신할 거라고는 생각지 못했다고 했다. 임신 중독증 때문에 임신 기간 내내 고생했고, 시댁도 친정도 멀리 있어서 주변 도움 없이 혼자 키웠다. 흔히 말하는 독박 육아였다.

태양이가 아직 젖을 먹던 시절, 엄마가 태양이를 안고 죽고 싶다고 했다. 어떻게 잊을 수 있을까. 하윤이 엄마에게 놀아 달라고 했을 때였다. 엄만 맨날 태양이만 보고, 나도 심심하단 말이야. 이런 말을 했던 것 같다. 꾸벅꾸벅 졸면서 태양이를 재우던 엄마가 눈을 희번덕거리며 말했다. 그러고는 곧바로 자기 머리를 때리며 미안하다고 했지만 하윤은 엄마의 눈빛을 잊을 수 없었다. 그때부터였을 것이다. 태양이와 엄마는 같은 편, 자기는 혼자라고 생각했다. 셋이 한편이라고는 생각하지 못했다. 얼른 졸업해서 집을 떠나면 차라리 덜 외로울 것 같았다. 엄마와 동생 사이에서 외로운 것보다 홀로 외로운 편이 덜 초라할 것 같았으니까.

* * *

백일장에는 글쓰기 동아리 전원이 참여한다. 그 외에는 반에서 한두 명씩 지원자가 참여하는 것으로 안다. 1등은 장관상인데, 입시에 도움이 되어서 경쟁이 치열하다.

시작을 앞두고 정아와 청하, 하윰이 나란히 앉아 있었다.

"하윰, 너 상 많이 받아 봤다며?"

정아가 물었다. 정아의 성은, 정. 즉 정정아다. 정아와 같이 있으면 마음이 편하다.

"장관상은 못 받아 봤어."

"받고 싶어?"

"나는 서울로 대학 갈 거야. 꼭."

"왜?"

"여기 뜨고 싶어서. 너는?"

"나는 가고 싶은 대학도 없고 하고 싶은 것도 없어. 이상하지?"

"나도 하고 싶은 건 없어. 여길 뜨고 싶을 뿐이지."

백일장 소재로 '나, 너, 우리'라는 키워드가 제시됐다. 두 시간 동안 원고지에 글을 써서 제출하면 심사위원들이 두 시간 심사한 뒤에 오늘 바로 발표한다.

장관상을 받으면 서울에 있는 예술대학에 특별 전형으로 입학할 때 도움이 된다고 했다. 하윤은 평소보다 어깨에 힘이 들어갔다. 양궁 선수 중에 예심에서는 늘 10점짜리 활만 쏘다가 막상 본심에 가면 제 실력을 발휘하지 못하는 선수가 있다고 들었다.

문득, 혹시 나도 그런 게 아닐까? 하는 생각이 들었다. 정아와 청하는 열심히 쓰고 있었다. 하윤의 이마에 식은땀이 흘렀다.

시간이 다 됐다는 소리에 원고를 제출하고 밖으로 나왔다. 단풍잎이 하나둘 떨어지는 걸 보니 계절은 묵묵히 제 갈 길을 가고 있었다.

"똥 냄새 나."

정아가 코를 막았다. 길거리에 떨어진 은행 열매가 가득했다. 똥 냄새가 나는 계절, 그야말로 가을의 절정이었다.

"뭐 썼어?"

정아가 물었다.

"넌?"

바로 답하지 않고 하윤이 되물었다.

"나와 너가 만나 우리가 된다, 이런 거."

정아의 말을 듣고 청하가 우웩하는 시늉을 했다.

"진짜 너무너무너무 에프엠이다!"

"원래 이런 게 먹히는 거야."

정아가 어깨를 으쓱하며 답하곤 청하에게 이어 물었다.

"넌?"

"나는 우리라는 말이 싫다, 우리에 속하지 않으면 소외되니까, 이런 글."

청하와 어울리는 글이었다. 자, 이제, 하는 표정으로 정아와 청하가 하윤을 봤다.

"대충 썼어, 난."

"오, 전교 1등이 시험 전날 일찍 잤다는 것 같네."

정아가 놀리자 청하도 고개를 끄덕였다.

심사가 진행되는 동안 김영란 작가의 생가와 주변을 산책했다. 국민 소설가라고 불리는 김영란 작가는 생전에 10권짜리 대하소설을 포함해 수많은 작품을 발표했다. 원고지 30매도 쓰기 힘든데 10권짜리 소설이라니……. 그 고독과 외로움을 어떻게 견뎠을까. 무엇보다 사람이 책상에 그렇게 오래 앉아 있을 수 있다는 게 놀라웠다. 그런 치열했던 삶을 뒤로하고 이제는 세상을 떠난 작가를 생각하면 허무하다는 생각도 들었다.

"죽으면 다 사라지잖아. 약간 허무하지 않아?"

하윤의 말에 정아는 고개를 끄덕였고 청하는 고개를 저었다. 그런 청하를 보며 하윤이 물었다.

"아니야?"

"그럼 산은 왜 오르냐? 어차피 내려올걸!"

"나는 등산은 안 할 거야."

하윤이 말하자 청하가 "등산은 안 해도, 인생은 안 살 수는 없잖아?"라고 곧장 맞받아쳤다.

"맞는 말 대잔치네."

청하가 헤헤 웃으면서 손으로 브이를 그렸다.

"글 쓰다 보면 되게 뿌듯할 때 있지 않아? 나는 글 잘 썼다고 누가 칭찬해 줄 때보다 그 순간이 더 기뻐. 살아 있는 느낌이 들어."

이건 정아의 말이었다. 그러고는 이내 "그렇다고 작가가 되고 싶은 건 아니야. 이상하지?"라고 정아가 덧붙였다.

"살아 있는 느낌이 든다며?"

하윤이 되묻자 정아가 콧등을 살짝 찡그렸다.

"응. 근데 아직 확신이 안 서. 좋았다 싫었다 해. 온탕도 냉탕도 아닌 그 미지근한 탕을 뭐라고 하지?"

"그러다 갑자기 확 뜨거워질 수도 있고 또 확 식을 수도 있는 거지, 뭐."

하윤이 말하고는 "와, 나 지금 너무 멋있었어." 하고 덧붙였다.

"아니, 전혀."

정아가 말하자 청하도 "전혀."라고 다시 강조했다. 셋이 티격태격하는 사이 기온은 더 낮아졌다. 해가 저물 때쯤 발표가 있었다. 참석자 백 명 가운데 당선자는 시와 산문 각 부문에 다섯 명씩이었고 장관상은 따로 뽑았다.

청하가 산문 부문에서 장려상을 받자 하윤은 자신감이 뚝 떨어졌다. 한 학교에 두 명이나 상을 주지는 않을 거라는 생각이 들어서다. 그런 마음을 토로했더니 정아가 작은 목소리로 "아니야. 심사할 때 개인 정보 다 가려. 한 학교에서 상을 싹쓸이할 수도 있어."라고 했다. 그 말을 들으니 그런 것도 같았지만 학교나 사회의 공정성에 도무지 신뢰가 가지 않았다. 자신이 의심이 많은 건지 사회가 자신을 그렇게 만드는 건지는 알 수 없었다.

"장관상인 대상작은 청주직지여자고등학교 하유미 학생의 「내가, 내가 아니라면」입니다."

심사위원 겸 사회를 맡은 총괄 담당자의 입에서 자기 이름이 불리자 하윰은 잠시 멍했다. 귀에서 윙윙거리는 소리가 들리는 것 같았다.

"야, 너래."

청하가 툭 쳤다.

"말도 안 돼."

하윰이 말하자 정아가 "말도 안 되긴. 애들 얘기 들어 보니까 너 중학교 때부터 백일장 휩쓸었다는데."라고 하면서 하윰을 떠밀었다.

하윰이 앞에 서자 김영란 재단 이사장이 상패와 상금을 전달했다. 참석한 학생들이 손뼉을 쳤다. 이어 교육감과 함께 사진 촬영을 했다. 정아와 청하가 열심히 사진을 찍었다. 하윰이 둘을 향해 브이를 날렸다.

서울에 있는 예술대학 문예 창작과가 멀지 않게 느껴졌다.

"하윰! 네가 쏘는 거지? 근데 제목이 뭐라고 했지? 내가, 내가 아니라면?"

시상식까지 모두 마치고 나오는 길에 정아가 하윰의 옆구리를 툭 쳤다.

"내가 내가 아니면 뭐야? 고양이야 뭐야? 어떤 내용이야?"

정아가 잔뜩 궁금한 표정으로 하윰을 쳐다봤다.

하윰이 무슨 말을 해야 할지 몰라 당황하는 사이 "야, 근데, 나 잠깐 화장실 좀!" 하고 정아가 부리나케 화장실로 달려갔다. 하윰은 안도의 한숨을 내쉬었다.

하윰과 청하가 휴대폰을 들여다보며 얼마쯤 기다리자 정아가 돌아왔다. 하윰이 정아와 청하를 보며 호기롭게 말했다.

"우리 오늘 비싼 거 먹자."

정아와 청하가 동시에 "당연하지!"라고 답했다.

닭갈비 5인분에 배스킨라빈스 아이스크림까지 먹고 나서야 하윰은 자신이 장관상을 받았다는 사실을 실감할 수 있었다.

그리고 그제야 자기가 쓴 글을 냉정하게 되돌아볼 수 있었다.

'나는 때때로 고양이 같다.'로 글을 시작했다.

이어 '내가, 내가 아니라면 고양이일 수도 있지 않을까.'라고 썼다.

* * *

하윰은 엄마가 오랜만에 태양이가 아닌 내 엄마 같다고 생각했다. 백일장에서 대상 받은 기념으로 친구들을 초대해 요리를 해 주겠다고 했다. 마침 혹은 드디어! 금요일 오후에 시간이 됐다. 하윰이 집에 친구를 정식으로 초대하는 건 처음이었다. 살고 싶지 않다는 엄마에게 친구들을 부를 테니 요리를 해 달라는 말 같은 건 할 수 없었다.

학교에서는 교장 선생님에게 꽃다발을 받고 사진을 찍었다. 그 모습을 보고 정아와 청하가 출세했다고 놀렸다.

"떡볶이? 김밥? 치킨?"

셋이 하윰의 집으로 가는 동안 정아와 청하가 메뉴를 읊었다. 하윰은 유부초밥과 떡볶이를 냉장고에서 본 기억이 났다.

"떡볶이는 확실히 있을걸? 잡채도."

잡채는 하윰이 가장 좋아하는 음식이었다. 엄마도 그걸 기억하고 있을 거라고 생각했다.

"좋겠다. 난 엄마랑 사이 안 좋은데. 사실 우리 엄마, 친엄마가 아니……. 근데 너도 자화상에서 엄마랑 사이 안 좋다고 하지 않았어?"

정아가 하윰에게 물어보다 무의식적으로 청하를 살폈다. 다행히 청하는 통화하느라 듣지 못한 눈치였다.

"그거 그냥 꾸며 쓴 건데? 소설처럼. 가자."

하윰이 대수롭지 않게 말하고는 정아의 팔짱을 꼈다.

엘리베이터를 타고 올라갈 때 하윰은 갑자기 가슴이 두근거렸다. 친구들을 초대한다는 설렘 때문만은 아니었다. 자신이 뭔가 큰일을 저질렀다는 깨달음이 강해지고 있었기 때문이다.

하윰이 비밀번호를 누르려는데 안에서 시끌시끌한 소리가 들렸다.

"누구 있나?"

문을 열자마자 운동화가 여러 켤레 보였다. 하윰의 엄마가 앞치마를 두른 채 현관으로 나왔다.

"왔니? 어서 와."

"이게 다 뭐야?"

하윰이 벙찐 얼굴로 현관에 서서 엄마에게 물었다. 거실에서는 태양이와 친구들이 떡볶이, 탕수육 등을 먹고 있었다.

"요리하는 김에 태양이 친구들도 초대했어. 어서 들어와."

분명 아침까지도 태양이 친구들을 초대한다는 말은 없었다. 요리하는 김에 태양이 친구들을 초대한 게 아니라 태양이 친구들 해 주려고 요리한 김에 하윰이 친구들을 부른 게 아닌가 하는 짐작까지 들었다. 그 정도로 하윰은 엄마에 대한 신뢰가 없었다.

정아와 청하가 신발을 벗고 먼저 안으로 들어갔다. 하윰은 신발장 앞에서 한참 동안 망설이다 느릿느릿 따라 들어갔다.

엄마가 식은 음식을 데워 왔다. 떡볶이는 너무 달았다. 초딩입맛에나 어울리는 맛이었다. 탕수육도. 심지어 용가리 튀김도 있었다. 이건 날 위한 게 아니야. 그런 생각을 하지 않으려고 해도 하윰의 가슴속에서는 오만가지 감정이 샘솟았다.

"잡채는?"

엄마는 들었는지 못 들었는지, 대답도 하지 않았다. 하윰은 말없이 눈앞에 놓인 음식을 집어 먹었다. 잡채는 없었다.

"많이 먹어. 더 필요한 거 있으면 말하고."

엄마가 친구들에게 친절하게 말했다.

"입에 안 맞아?"

하윰이 깨작거리자 엄마가 물었다. 하윰은 고개를 저었다.

"유미, 서울에 있는 예대에 수시로 갈 수도 있대요. 장관상이 엄청 큰 상이래요."

정아가 아는 체를 했다.

"서울?"

아줌마가 하윰을 힐끗 봤다.

"내가 그럼 어디로 대학 갈 줄 알았는데?"

"엄마 마음이 뭐가 중요해. 대학이 인생의 전부는 아니잖아."

"와, 아줌마 대박! 우리 엄마도 좀 본받아야 할 텐데."

청하가 용가리 튀김을 집어 먹으며 말했다. 그 말에 하윰이 바람 빠진 소리를 내듯 싱겁게 웃어 보였다.

"너네 엄마는 네 성적 알지? 우리 엄만 내 성적 몰라. 공부하라고 닦달하는 것도 다 관심이 있어야 하는 거야."

"얘는 무슨. 내가 네 성적을 뭘 몰라."

하윰의 엄마가 괜한 소리를 한다는 듯 하윰에게 말했다.

"그럼 내가 서울로 대학 갈 성적이 된다고 생각해?"

"얘가 갑자기 왜 열을 올려? 동생 친구들도 있는데."

하윰이 뭐라고 말하려다가 태양이를 보고는 입을 다물었다. 말해 봤자 바뀌지 않을 것이다. 하윰이 젓가락을 탁 소리 나게 내려놓고 일어섰다.

"가자."

정아와 청하는 망설이다가 하윰이 현관으로 가자 느릿느릿 일어섰다. 엄마도 따라 나왔다.

"이게 무슨 태도야?"

"태양이나 먹으라고 해."

"하여간 성질머리는. 네가 이래서 내가 너를 어려워해. 무슨 말만 하면 삐치고 소리 지르고 무시하고. 너랑은 대화를 할 수가 없어."

하윰의 엄마가 말을 쏟아 내고 나서 정아와 청하를 보며 "너네한테도 그러니? 애가 말을 툭툭 내뱉어. 마음은 안 그런데……."라고 말끝을 흐렸다. 주눅 든 모습이었다. 엄마의 저런 태도 때문에 하윰은 언제나 화를 내다 말았다. 그러나 오늘은 참을 수가 없었다. 참고 싶지 않았다.

"엄마, 엄마는 나를⋯⋯. 아니야, 애들이랑 나가서 사 먹을게."

"왜애? 태양이 때문에 그래? 쟤들 금방 먹고 놀이터 갈 거야. 그냥 와서 먹어."

하윰이 엘리베이터에 탔다. 정아와 청하도 꾸벅 인사하고 엘리베이터를 탔다.

하윰은 엄마가 차라리 새엄마였으면 좋겠다는 생각도 여러 번 했다. 태양이는 친자식, 자신은 의붓딸. 그러면 덜 초라할 것 같았다.

"미안해."

엘리베이터에서 내린 하윰이 씩씩대며 걷다가 갑자기 뒤돌아서 정아와 청하에게 말했다.

"아, 깜짝이야!"

정아가 일부러 더 놀란 척 가슴을 쓸어내렸다.

"얼른 대학 가고 싶어. 지긋지긋해."

그렇게 말하고 하윰은 한숨을 푹 쉬었다.

"친엄마야? 아니, 그러니까 내 말은, 그게 아니라⋯⋯."

자기가 말하고도 놀란 듯 정아가 눈을 동그랗게 떴다.

"네가 봐도 친엄마 아닌 것 같지? 놀랍게도 친엄마야."

"나는 아니야."

"맞다니까, 친엄마."

"그게 아니라 우리 엄마가 새엄마라고."

정아의 말에 하윤이 걸음을 멈췄다. 눈을 끔뻑거리고 고개를 갸웃거렸다.

"진짜?"

정아가 무표정한 얼굴로 고개를 끄덕였다. 아무렇지 않다는 듯이.

"친엄마는 일찍 돌아가셨고, 아빠가 작년에 재혼했어. 좋은 분이야. 친하진 않지만."

하윤이 고개를 끄덕였다.

"그래서 전학 온 거야?"

정아는 하윤의 이번 질문엔 답하지 않았다. 하윤은 대신 뒤에서 오고 있는 청하를 향해 "너는? 너네 엄마는 어때?" 하고 물었다. 청하 역시 대꾸하지 않았다. 청하에게도 혹시 숨은 사연이 있을까? 하윤이 곰곰 생각해 보니 청하의 가정사에 관해 별로 아는 것이 없었다.

"가 볼게."

"뭐야, 갑자기?"

정아가 반사적으로 되물었다. 청하는 이미 다른 방향으로 발길을 돌린 뒤였다.

정아는 하윰에게 "너 청하에 대해 뭐 알아?" 하고 물었다. 하윰과 청하는 글쓰기 동아리에서 만나 방과 후에 가끔 간식을 같이 먹는 사이였다. 가족 관계는 궁금했던 적도, 물어본 적도 없었다.

"나 뭔가 청하한테 실수한 것 같지?"

정아 얼굴이 금세 어두워졌다. 휴, 모든 게 다 어려웠다. 어떤 말이 누군가에게 상처가 되리라는 건 꼭 말을 뱉고 나서야 알았다. 모두 제각각의 사정이 있는 법이니까. 아무리 친구라고 해도 말하지 않은 걸 알 수는 없다. 정아가 발을 동동 굴렀다.

"너무 걱정하지 마. 내가 알아볼게."

하윰이 정아를 안심시키듯 말했다.

아무튼 하윰은 청하와도, 정아와도 찜찜하게 헤어졌다. 집에도 가고 싶지 않았다. 어린 왕자가 사는 별에 혼자 떨어진 기분이었다.

* * *

이튿날 아침상에는 어제 먹다 남은 갈비만두와 용가리 튀김 등이 올라왔다. 역시나 아침을 먹지 않고 집을 나서는데 엄마가 조금이라도 먹고 가라고 했다. 하윰은 고개를 저었다.

학교에 도착하자 끄덕쌤이 따로 불렀다.

"이거."

신문을 내밀었다.

"지역 신문. 네 작품도 실렸어. 맞춤법이랑 좀 어색한 문장은 기자가 임의로 수정한 모양이야. 감안해서 봐. 오늘 안에 인터넷에도 올라올 거야. 난 언제쯤 신문에 이름 한번 실려 볼까. 학교 경사야, 경사."

끄덕쌤이 활짝 웃었다.

"인터넷에요?"

"응. 신문사 홈페이지."

교무실을 나와 화장실로 갔다. 비어 있는 칸으로 들어가 신문을 펼쳤다.

내가, 내가 아니라면

나는 때때로 고양이 같다.

첫 문장을 읽는 순간 정아 얼굴이 떠올랐다.

고양이 아이디어는 정아한테 얻은 게 맞지만, 글은 모두 하윰이 썼다. 만약 정아가 이 글을 읽는다면 어떻게 생각할까. 아이디어만 빌려 온 거라고 미리 말해 둘까. 그럼 잘못이 아닌가?

끄덕쌤만 말하지 않는다면 굳이 정아가 인터넷을 찾아보지 않을 거야. 괜찮을 거야. 하윰은 이런 식으로 합리화하면서 교실로 돌아갔다.

"뭐래? 선생님이 왜 불렀어?"

교실에 들어가니 정아가 하윰을 보며 물었다.

"아, 알겠다. 백일장 얘기지?"

"뭐 그렇지."

하윰이 얼버무리는 것과 동시에 혜지가 정아에게 "정정! 너혹시 유라 알아?"라고 물었다.

"유라?"

"기유라. 같은 학교 다녔지? 걔 인스타에서 유명하잖아."

"아, 걔. 응, 친하지는 않아."

정아의 대답에 혜지가 고개를 끄덕이다가 "그럼 너어……. 아니다." 했다.

"뭐 말하려던 거 아니야?"

하윰이 묻자 혜지가 고개를 가로저으며 자기 자리로 돌아갔다.

사실 할 말이 있는 사람은 하윰이었다. 나는 때때로 고양이 같다, 라고 첫 문장을 썼던 순간을 떠올렸다. 쓰면 안 된다는 생각도 당연히 따라왔다. 그러나 이내 내가 나를 고양이라고 느끼는 것뿐이라면, 별문제 없지 않나, 하는 생각이 하윰의 마음에 스멀스멀 올라왔다. 『나는 고양이로소이다』라는 소설 제목도 떠올랐다. 특별한 아이디어는 아니라고, 누구나 생각할 수 있는 수준이라고 애써 생각했다.

"쌤 왔어."

주위를 둘러보니 혼자만 서 있었다. 하윰은 얼른 자리로 가서 앉았다. 말해야 해. 오늘 꼭 말해야 해. 몇 번이나 다짐했다.

* * *

김성경 작가가 에코백을 두 개나 들고 낑낑거리며 들어왔다.

"이것 좀 받아 줄래?"

눈치 빠른 2학년 언니들이 짐을 대신 받았다.

"이게 뭐예요?"

"간식. 하나씩 나눠 줘."

에코백에서 캔커피와 수제 샌드위치, 마카롱이 나올 때마다 아이들이 와와 소리를 질렀다. 마카롱은 살찐 고양이 모양이었다.

"축하 파티는 해야지."

작가의 눈이 하윰을 향했다. 하윰은 도망치고 싶은 마음뿐이었다.

"우리 수업에서 썼던 내용 맞지? 더 반갑더라."

"뭐 썼는데? 생각해 보니 뭐 썼는지 물어보지도 않았네."

작가의 말이 끝나자마자 정아가 물었다.

"너네는 아직 못 읽었어?"

김성경 작가가 묻자 아이들이 고개를 끄덕였다.

"관심도 없다, 진짜. 장관상이 얼마나 큰 상인데."

작가가 눈을 흘겼다.

"내가 신문 가져왔어. 너희는 먹으면서 들어. 내가 읽어 줄게."

"작가님 이제 말 놓으시네요?"

"내가 그랬어? 그랬네? 그랬구나."

여기저기 웃는 소리가 산발적으로 들렸다.

"왜 안 먹어?"

정아가 팔을 툭 치는 바람에 하윤이 들고 있던 커피가 교복 블라우스에 튀었다.

"앗, 미안! 괜찮아?"

정아가 사과하는데도 하윤은 미간이 저절로 찌푸려졌다. 화가 난 건 아닌데 조금 귀찮았다.

"괜찮아."

하윤이 화장실에 가려고 자리에서 일어서자 정아가 따라 일어섰다. 도서관을 나오며 하윰이 슬쩍 뒤돌아보니 작가가 아이들에게 신문 기사를 읽어 주기 시작했다. 한숨이 절로 흘러나왔다. 다시 들어가기 전에 정아에게 먼저 말해야 한다.

"체육복으로 갈아입는 게 낫지 않아?"

커피가 많이 튀지는 않았지만 얼룩 때문에 보기 좋지 않았다. CA 시간이라 교실도 비었다. 교실에 가서 솔직히 말해야지. 하윰은 내내 그 다짐을 했다.

"할 말이 있어."

하윰이 일단 체육복 상의를 걸친 채 안으로 손을 넣고 단추를 풀었다.

"뭔데?"

정아가 휴대폰을 보며 하윰에게 물었다.

"어? 휴대폰 제출 안 했어?"

하윰이 정아에게 되물었다. 정아가 고개를 끄덕이더니 장난스러운 표정을 지었다.

"넌 가만 보면 되게 모범생이야."

정아의 말에 하윰이 발끈했다.

"내가? 아니거든?"

"심심하다. 이대로 수업 쨀까?"

정아가 아까보다 좀 더 짓궂은 표정을 지으며 하윰의 어깨를 툭 쳤다.

"그건 안 되지."

하윤의 말에 정아가 픽, 웃었다.

"이래도 모범생이 아니야?"

정아가 휴대폰을 주머니에 넣었다.

정아는 웃을 때마다 코에 잔주름이 잡혔다. 하윤은 그런 정아
를 보며 개구쟁이 같다, 라고 생각하다가 개구쟁이라는 표현이
너무 교과서적인 표현이라는 생각이 들었다. 백일장 이야기를
꺼내면 정아는 어떻게 반응할까? 실망했다면서 화를 낼까? 더
이상 저 웃음을 못 보게 되는 건 아닐까.

"얼굴이 창백해. 왜 그래?"

정아가 하윤의 이마를 짚었다. 하윤이 고개를 홱 돌렸다. 그
때 혜지가 교실 문을 열고 들어왔다.

"CA 안 갔어?"

하윤이 대충 사정을 설명하자 혜지가 고개를 끄덕였다. 그러
고는 힐끔 정아를 보며 혜지가 입을 열었다.

"정아야, 너 혹시 기유라랑 친했어?"

"지난번에도 기유라 얘기 묻지 않았어? 왜 그래?"

"그게……."

혜지가 정아를 향해 휴대폰 화면을 보여 주자 정아가 "이게

뭐야." 하며 놀란 표정을 지었다.

혜지와 정아가 뭔가 중요한 이야기를 하는 것 같았지만 하윤 귀에는 들어오지 않았다. 백일장 생각만으로도 머리가 터질 지경이었다.

하윤이 정아와 도서관으로 돌아갔을 땐 벌써 수업이 끝나 있었다. 교문을 나설 때까지 하윤은 백일장에 대해 말할 수 없었다.

가능하다면 평생 말하고 싶지 않았다.

정아

혜지가 전학 오기 전 학교 이야기를 몇 번 물었을 때만 해도 정아는 대수롭지 않게 생각했다. 기유라랑 친했느냐고 물어보는 혜지의 말에 뭔가 심상치 않게 흘러가는 것을 느꼈다. 수업이 끝나고 교실을 나설 때 혜지가 정아한테 기유라 인스타그램을 보여 줬다. 심장 박동이 빨라진 만큼 발걸음도 빨라졌다.

정아는 집에 도착하자마자 리라가 보내온 소포를 꺼냈다. 아직 포장을 풀지 않았다. 두려웠다. 절교, 라는 말이 들어 있을까봐. 이미 절교한 상태나 마찬가지지만 '절교 선언'은 또 다른 거니까. 그래도 소포를 열어야만 했다. 혜지가 기유라에 대해 집요하게 묻는 것과 리라가 갑자기 보내온 소포 사이에 연관이 있어보였다.

다이어리였다.

리라와는 같은 중학교에 다녔다. 신기하게도 3년 내내 같은 반이었다. 8반까지 있는데 3년 내내 같은 반이라니. 운명이라고 생각했다. 같은 고등학교에 입학했다. 이것도 운명 같았다. 친구가 될 운명! 친구로 맺어진 운명!

정아는 리라와 같이 다이어리를 쓰기 시작했다.

한쪽 면은 정아가, 다른 한쪽은 리라가. 매일매일 쓸 때도 있었고 사흘에 한 번씩 쓸 때도, 일주일 내내 쓰지 않을 때도 있었다. 좋아하는 남자 이야기나 친구 험담이 다이어리를 계속 쓰게 하는 동력이나 마찬가지였다. 다이어리는 우정의 징표였다. 우정이 영원할 줄 알았다.

어쩌다 리라와 멀어졌을까.

처음엔 사소한 다툼으로 시작했다. 리라가 지연이와 가까워지는 게 정아 눈에 보였다. 같은 아이돌 그룹을 좋아한다고 했다. 공방을 가니 마니, 팝업 스토어에서 뭐를 사니 마니 하면서 틈만 나면 둘이 속닥거렸다. 정아도 중학교 1학년 때 아이돌을 꽤 열렬히 좋아한 적이 있지만 이내 흥미를 잃었다. 덕질도 성격이라던데, 정아는 누구를 짧게 좋아할 수는 있어도 오래 좋아하지는 못했다. 뭐든 처음에만 열성적이다가 이내 시들시들해졌다.

"이번 주에도?"

이번 주엔 리라네 집에서 떡볶이를 해 먹고 같이 자기로 했었다. 리라 부모님께 몇 주 전부터 허락까지 받아 놓았다. 그런데 지연이와 공방에 간다고 했다. 약속 안 지키면 끝이야 끝, 이라고 말했는데도 리라는 지연이와 공방에 갔다. 아이돌 그룹이 장기간 해외 투어를 가게 돼서 이번에 못 가면 언제 또 볼지 모른다고 했다.

이해해 줬다면 어땠을까? 종종 후회했다. 정아는 리라와 사이가 멀어지면서 다이어리에 적었던 친구 욕이나 담임 욕이 마음에 걸렸다. 거기엔 지연이 욕도 있었다.

리라가 지연이에게 다이어리를 보여 주면 어떡하지? 이런 생각이 자꾸 들었다. 리라에게 다이어리를 돌려 달라고 했다. 리라는 거절했다. 자기 돈으로 샀으니 자기 것이라는 논리였다. 다이어리를 사던 날, 리라가 다이어리를 사고 정아가 닭갈비와 음료를 샀다. 쓴 돈은 비슷비슷했다.

더 설득했으면 좋았겠지만, 정아는 다른 방법을 택했다. 리라 가방에서 다이어리를 몰래 가져왔다. 그러면 끝날 거라고 생각했다.

리라가 잃어버렸다는 다이어리가 정아 서랍에서 나왔을 때만 해도 일이 이렇게 커질 줄은 몰랐다. 리라가 설명해 줄 거라고 생각했는데 착각이었다. 말없이 다이어리를 가져간 것에 가장 화가 난 사람이 리라였다. 하필 1학기 마지막 날이었다. 학교로 돌아갈 자신이 없었다.

멀리 전학 오면 끝날 거라고 생각했는데, 정아는 여전히 '도둑'이었다. 인플루언서인 기유라가 자기 인스타그램에 이 사건에 대해 올렸고 혜지에게까지 가닿게 된 거였다. (도대체 기유라는 자기랑 상관도 없는 이런 개인적인 남의 이야기를 왜 올린 걸까? 이해도 안 되고, 이해하고 싶지도 않았다.) 혜지가 기유라의 인스타그램을 보여 주면서 "이거 네 얘기 맞지?"라고 물었다. 전학 오기 전 이야기를 계속 물었던 이유였다. 아니라고 해도 믿지 않을 것이다.

장 여사가 문을 벌컥 열었다.

"정아야, 에미한테 전화 좀 해 봐."

정아가 다이어리를 내려놨다.

"왜요?"

"낸들 알겠니."

휴대폰을 보니 부재중 전화가 여러 번 와 있었다. 무시할까 하다가 장 여사한테까지 말한 데는 이유가 있을 거라는 생각이 들었다. 전화가 연결되자마자 "해도 해도 너무한다."라는 목소리가 들려왔다.

"바빴어요."

정아도 기분이 좋지 않아서 퉁명스럽게 대꾸했다.

"아무리 바빠도 전화 한 통 받을 시간이 없어? 일부러 피한 거잖아. 아니야?"

아줌마도 덩달아 목소리가 높아졌다. 살가운 사이는 아니어도 한쪽의 언성이 높아지면 다른 한쪽이 참으면서 아슬아슬한 균형을 유지하고 있었다. 그런데 지금 균형이 깨지는 중이었다.

"안 받을 수도 있지, 제가 꼭 아줌마 전화를 다 받아야 해요? 그리고 지난번에 저 정말 떡볶이 먹고 왔어요. 근데 제가 거짓말한다는 듯이 몰아가셨죠? 도대체 왜 그러세요? 제가 만만해요?"

"너야말로 내가 만만한 거 아니야?"

한숨 소리가 들려왔다.

정아도 일부러 크게 한숨을 내쉬었다.

"그렇게 싫었으면 결혼할 때 반대하지 그랬어? 그땐 아무 소리 없다가 갑자기. 나도 얼마나 당황했는지 알아?"

"그건 또 무슨 소리예요."

"나 때문에 전학한 거잖아. 나랑 같이 살기 싫어서."

"그런 거 아니에요."

"내가 바보야? 그것도 모를까 봐."

"제가 전학한 건……. 근데 왜 전화하셨어요?"

"전학한 이유가 뭔데?"

"됐어요. 전화한 이유가 뭔데요?"

"너부터 말해. 나도 이젠 못 참아, 정말. 내가 너한테 부족할
수는 있어. 근데 내가 뭘 얼마나 잘못했니? 나도 엄마가 처음이
야. 나이만 먹었지 여태껏 나만 챙기다가 갑자기 너를 만난 거야.
네 마음에 흡족하진 않았겠지만, 내가 일부러 너를 괴롭히려고
못살게 굴려고 그런 게 아니잖아. 나도 잘하고 싶었어."

"싸웠어요, 친구랑."

불쑥 말이 튀어나왔다. 아줌마 말이 진심처럼 느껴져서, 정아
도 진심을 말하고 싶어졌는지 모른다. 아니면 심각한 문제에 직
면하면 일단 회피하고 보는 성격이 나타난 것인지도.

"제가 다이어리를 몰래 가져왔거든요. 그래서 애들이 도둑이
라고 막 그러는데, 다시 돌아갈 수가 없었어요."

아줌마는 한동안 말이 없었다. 꼴깍 침 넘어가는 소리가 들
렸다.

"……왜 말 안 했어?"

"안 물어보셨잖아요. 계속 화나 계셨잖아요."

"어려웠어. 나는 정말 어떻게 해야 하는지. 무섭기도 했고. 근데 그 친구가 리라니?"

"어떻게 아세요?"

"너한테 연락 좀 전해 달라고 해서. 그거 말하려고 했는데 네가 전화를 안 받아서⋯⋯. 근데 그 친구 다이어리를 가져온 거야?"

"같이 쓰던 거예요."

"애들한테 그렇게 말했어? 도둑질은 아니잖아."

"안 믿어 줄 거예요."

"네가 말을 안 하잖아. 말했으면 알았을 거야. 너는 어려운 문제가 생기면 자꾸 피하는 경향이 있어. 내가 그런 성격 잘 알아. 왜냐면, 나도 그렇거든."

아줌마와 정아 중 한 명이라도 솔직했다면 좀 더 일찍 오해가 풀렸을 것이다. 둘 다 얼굴 붉히고 싶지 않아서 참고 참다가 폭발했다. 엉킨 실타래를 푸는 방법은 엉켰다는 걸 인정하는 데서 시작한다.

"⋯⋯리라가 뭐라고 했어요?"

"연락 좀 받으래. 급히 할 말이 있대. 네가 걔 번호 차단해 두고 인스타그램이랑 페이스북도 다 차단해 놔서 연락할 길이 없다고."

"왜요?"

"그건 몰라. 급한 일 같았어. 네가 한번 연락해 봐. 이번 주에 올라올 거니? 내려가고 한 번도 안 올라왔잖아. 너 기다려."

주어는 말하지 않았지만, 정아를 기다린다는 사람이 누군지 알 수 있었다.

"네. 그럴게요."

"초보 운전자 딱지 붙이고 다니면 조금 서툴러도 양해해 주잖아. 나도 엄마가 처음이니까 네가 좀 이해해 줘. 너는 초보 아니잖아. 네 아빠 딸로 오래 살았잖아."

피식 웃음이 났다.

"재미없어요."

전화를 끊고 리라 번호 차단을 해제할까 말까 고민하다가, 눈을 꾹 감고 해제 버튼을 눌렀다. 카톡도 마찬가지로 차단을 풀었다.

정아 무슨 일이야?

정아가 카톡을 보내자마자 리라에게서 카톡이 왔다.

리라 진짜 정정아, 맞아?

정아 응.

나 맞아.

리라 내가 해명했는데, 기유라 걔가 지 팔로워 모으려고

일부러 그런 거야.

걔 관종인 거 알지?

일부러 자극적이게 올려야 사람들이 보니까.

기유라는 학교에서도 유명한 인플루언서였다. 처음 같은 반이
됐을 땐 SNS를 거의 하지 않는데도 연예인을 보는 기분이었다.
그러다 이내 관심을 끊었다. 아주 가끔 기유라가 올린 사진에 책
상과 의자 같은 배경처럼 나올 때가 있었다. 와, 반에서 제일 예
뻐요, 같은 덧글이 달리면 리라와 농담처럼 우리 이용당한 거
야? 하며 웃곤 했다. 누가 지워 달라고 했다가 질투하냐는 말을
들었다고 해서 지워 달라고도 못했다.

리라와 우스갯소리로 기유라는 나중에 지 똥 싸는 것도 찍어
서 SNS에 올릴 거라고 했었다. 관심 받을 수 있는 일이라면 온
라인상의 모든 논란에 참견했고 거짓말까지 했다. 세상에는 그
런 아이가 존재한다는 걸 미디어 밖에서 본 건 기유라가 처음이
었다.

정아 해명했다고?

리라 ㅇㅇ

정아 뭐라고?

리라 같이 쓰던 다이어리라고.

     내가 너한테 다이어리 보낸 거 받았어?

정아가 읽는 중에 리라의 메시지가 계속 떴다.

리라 니네 집 앞에 택배인 척 갖다 놨어.

     오늘도 차단 안 풀면 너 평생 안 보려고 했어. 진짜야.

정아 ㅋㅋㅋㅋ

미움이 깊었는데 정아가 저도 모르게 'ㅋㅋㅋㅋ'이라고 쳤다.
리라가 낯설지 않아서 낯설었다.

리라 전학 갈 줄은 상상도 못 했어.

리라가 계속 말했다.

리라　네가 전학 갔다는 얘길 듣곤 버림받은 기분이었어.

나도 화나서 평생 절대 안 본다고 매일 다짐했는데,

네가 연락이 없어서 내 각오를 전할 수가 없었어.

정아는 혼자 끅끅거리며 웃었다. 리라가 혼자 다짐하는 모습이 상상됐다. 연락 와도 절대 받지 말아야지 했는데 아무리 기다려도 연락이 오지 않는 상황이……. 정아도 그 마음을 잘 알았다. 기다렸으니까……. 웃는 와중에도 코끝이 매웠다.

리라　네가 전학 가니까 나만 나쁜 애 됐잖아.

정아　너 때문만은 아니야.

우리 아빠 재혼한 거 알지?

리라　헐.

혹시 새엄마가 괴롭혔어?

정아　그런 건 아닌데 어색해서.

근데 아줌마한테는 네 핑계 댔어.

리라　와. 일타쌍피네.

정아　근데 아까 아줌마가 이러는 거야.

나는 어려운 문제가 생기면 회피하는 경향이 있다고.

본인도 그래서 잘 안다고. 그러지 말라고.

근데 맞는 것 같아.

리라 나도 그래.

정아 도망치고 싶었어.

리라 바로 해명 안 해 준 거 미안해.

정아 나도 말없이 다이어리 가져간 거 미안해.

몇 달간 서로를 오해하고 있었는데 오해를 푸는 데는 얼마 걸리지 않았다. 미워하는 마음에는 좋아하는 마음도 포함되어 있었던 걸까? 언제나 리라를 미워하는 마음보다 좋아하는 마음이 컸다는 걸 깨달았다.

정아 주말에 집에 올라갈 거야.

그때 보자.

매일 봐도 어색한 친구가 있는가 하면 큰 오해 탓에 몇 달 만에 연락해도 어제 본 것처럼 편한 친구가 있었다. 이런 관계는 노력으로 이뤄지는 게 아니라 애초에 정해졌다는 생각이 들었다.

그나저나 혜지의 오해를 어떻게 풀어 줘야 할까? 혜지는 기유라의 인스타그램 포스팅만 보고 오해하고 있었다. 어제도 정아에게 기유라가 쓴 피드를 보여 주면서 "너 맞지?"라고 되물었다.

왜 그러고 사는지. 1학기 때 남의 다이어리 훔쳤다가 걸려서 전학 간 애 있다고 했었잖아요? 알고 보니 청주로 갔다더라고요. 디엠 온 거랑 대조해 보니 걔가 딱 맞아요. 잘못했으면 사과를 해야지 도망가면 끝인가? 이해가 안 가네.

♡ ◯ ▽   🔖

#도둑 #전학 #아무리갖고싶어도도둑질은안되는거아닌가 #청주

정아는 눈팅용으로만 쓰는 인스타그램으로 혜지에게 긴 디엠을 보냈다.

혜지야, 나 정정아야. 네가 오해할 수 있을 것 같아. 기유라가 인천고등학교 다니는 거 걔 인스타 보는 사람들은 다 알잖아. 거기에 몇 번이나 도둑질하다 걸려서 전학 간 애 있다고 썼는데, 여러 정황을 살펴보니 나라고 생각할 수 있을 것 같아.

우선 기유라가 말한 사람은 내가 맞아. 그런데 도둑질한 게 아니라 친구 사이에 오해가 있었어. 같이 쓰던 다이어리였거든. 내일 만나면 자세히 설명해 줄게. 다른 애들한텐 아직 얘기 안 했지?

그러나 정아는 디엠을 보내면서도 자기가 왜 해명을 해야 하는지 이해할 수 없었다. 내가 공인인가? 이게 공적인 일인가? 단순히 친구 사이의 오해였다. 전학을 결정하기 전에 오해를 풀고 왔으면 좋았겠지만 그러지 못했다. 용기가 없어서 그랬을 수도 있고 아줌마 말마따나 성격대로 회피한 것인지도 모르겠다.

알람이 울려서 혜지에게서 왔나 했는데 청하였다. 청하와는 자주 어울리지만, 카톡은 거의 하지 않는다.

> 청하 이거 봤어? 아까 네가 하윤이 옷에 커피 쏟아서 나가는 바람에 백일장 글 못 봤지? 찾아보니까 인터넷에도 떴더라. 역시 글을 잘 쓰긴 잘 써.

청하가 보내 준 기사 링크를 클릭해 보니 백일장 수상작이었다. 인터넷에서도 떴는지는 몰랐다.

> 정아 아직. 이따 볼게. 땡큐.

청하에게 읽어 보겠다고 답을 보냈지만 귀찮기도 했다. 정아는 침대에 누워 있다 그대로 잠이 들었다.

하윤이를 기다리는데 아이들이 힐끗거리는 게 느껴졌다. 혜지한테서는 아직 답장이 오지 않았다. 정아는 교실 뒤편을 살피다 혜지와 눈이 마주쳤다.

"혜지야."

정아가 먼저 아는 체를 했다.

"어제 내가 보낸 디엠 봤어?"

"진짜야?"

혜지가 아닌 다른 애였다. 연주. 갑자기 다가와 정아에게 쏘아붙이듯 물었다.

"너, 도둑질 걸려서 전학 온 거라며?"

평소에 한마디도 하지 않고 지낸 사이다. 껄렁껄렁한 느낌이 들어서 가까이하고 싶지 않았다. 행동도 말도 거칠었다. 정아는 어릴 때부터 그런 애들과는 잘 맞지 않았다. 그런 애들이 나쁘고 자기가 착하다는 게 아니다. 다만 마음을 표현하는 방식이 자기와 다른 애들과는 시간을 같이 보내는 자체가 곤혹스러웠다.

"그런 거 아니야. 오해가 있었어."

"그럼 왜 전학 왔어?"

그걸 내가 왜 너한테 얘기해야 되는데, 라고 말하고 싶었지만 입이 떨어지지 않았다. 평소에 말도 하지 않고 지낸 애한테 구구절절 사연을 설명하는 것도 구차하게 느껴졌다.

"훔친 건 맞지?"

이건 혜지의 말이었다.

"유라가 거짓말할 리가 없잖아."

정아는 혜지나 연주가 같은 교실에서 공부하는 자신보다 한 번도 만난 적 없는 기유라를 믿는다는 게 황당했다. 인플루언서라는 게 뭘까. 기유라가 인스타그램으로 다이어트 식품이나 옷 따위를 팔아서 꽤 많은 돈을 번다는 걸 알고 있었다. 그리고 팔로워 수를 늘리려고 자극적인 이야기만 한다는 것도.

"오해가 있었어."

"그러니까 무슨 오해냐고."

정아의 말에 연주가 따지듯 또 나섰다.

"그걸 왜 너한테 설명해야 하는데?"

용기 내서 말했지만 정아는 손가락이 덜덜 떨렸다. 집에 가고 싶었다.

"무슨 일이야?"

고개를 돌리니 하윤이 가방을 멘 채 서 있었다.

"얘 전학 온 이유 알아?"

"어제 들었어. 혜지한테. 근데 난 안 믿어."

알고 있었다고?

하윰의 대답이 의외였다.

"친구 다이어리 훔쳤다는 거지? 근데 1학기 마지막 날이면 7월인데, 1년 중 반이나 쓴 다이어리를 왜 훔치냐? 논리적으로 말이 안 되잖아."

하윰의 말에 아이들이 쑥덕거렸다.

"그리고 원래 SNS엔 뭐든 자극적으로 쓰잖아. 과장해서. 그래야 사람들이 보니까. 걔 딱 봐도 관종이던데, 뭐."

아이들은 여전히 믿지 않는 눈치였지만 한 사람이 큰 소리를 내니 마지못해 다들 입을 다물었다.

다 같이 돌을 던지다가도 누가 그만하자고 하면 멈칫하는 것과 비슷했다. 그러고는 생각한다. 내가 왜 쟤한테 돌을 던졌지?

사람은 집단에 속해 있으면 개인의 인성과 별개로 잔인해지기도 한다. 나중에는 손에 왜 돌이 있는지조차 잊어버린다.

"애들 이상해, 진짜. 인스타 글만 믿고 왜 저러는지 모르겠어."

하윰이 정아에게 속삭이듯 말하고 자리에 앉았다.

1교시는 국어였다. 끄덕쌤이 신문을 가지고 들어왔다. 하윰의 글이 신문에 실렸다고 했던 게 떠올랐다. 상 받았다고 난리도 아니구나. 정아가 하윰을 바라보니, 하윰도 정아를 바라보고 있었다. 정아가 입 모양으로 '백일장'이라고 하윰에게 말했다. 하윰의 얼굴이 붉어졌다. 상 받은 건 기쁘겠지만, 매번 이렇게 주목받는 건 곤혹스러울 것 같다.

"우리 유미가 상 받은 건 다들 알고 있지? 신문에도 났어."

애들이 와아아, 소리를 냈다. 장관상 받으면 수시 지원할 때 유리하다고 들었지만, 솔직히 부럽지만, 부럽지 않았다. 이런 식의 관심이라니.

나는 때때로 고양이 같다.

끄덕쌤이 하윰의 글을 읽기 시작했다. 어제 CA 시간에 들을 뻔했지만 듣지 못했다. 그런데 고양이라니? 정아에게 약간의 찜찜함이 몰려왔다.

나는 때때로 고양이 같다. 강아지 같을 때도 있고 사자 같을 때도 있다. 엄마가 학교에 안 가는 주말 아침에 깨우면 사나운 사자가 됐다가 엄마가 용돈을 주면 주인에게 꼬리를 흔드는 강아지가 된다.

그러나 이럴 때가 아니라면 고양이에 가깝다.

뽀족한 손톱과 발톱을 이용해서 긁고 싶은 사람이 많다.

끄덕쌤의 입에서 글이 흘러나올 때마다 이건 내 글이야, 라는
생각이 정아의 머릿속을 떠나지 않았다.

"······내 건데."

정아의 입에서 생각보다 큰 목소리가 튀어나왔다.

"뭐지? 잘못 들었나······?"

혼잣말처럼 말하고 주위를 둘러보니 모두들 정아를 바라보
고 있었다.

"조용히!"

끄덕쌤이 단호하게 말했다. 정아를 포함해 아이들이 입을 다
물었다. 끄덕쌤은 언제나 사람 좋은 미소를 짓고 고개를 끄덕이
지만, 선을 넘었다고 생각되면 가차 없었다. 그랬기 때문에 끄덕
쌤이라는 별명으로 불리면서도 아이들을 통제할 수 있었다.

정아가 고개를 돌렸다. 하윰과 눈이 마주쳤다.

"이거 내가 쓴 거잖아."

정아는 지금 일어나는 일들을 이해하지 못했다. 자기가 쓴 글
과 너무 흡사한, 그래서 자기 글이 아니라고 할 수 없을 것 같은
글이 하윰이 쓴 글로 둔갑해 있었다. 착오가 있다면, 얼른 바로
잡아야겠다는 생각뿐이었다. 하윰의 얼굴이 붉어졌다.

"그게 무슨 소리야?"

끄덕쌤이 침착하려고 애쓰며 물었다.

"똑같은 건 아닌데 제가 쓴 거랑 비슷해요. 글쓰기 수업 시간에. CA요."

"유미야, 정확하게 대답해. 정아가 하는 말이 맞니?"

하윰은 아무 말도 하지 않았다.

정아도 혼란스러웠다. 내 건데, 라는 말은 무의식중에 나온 말이었다. 당연하게도, 그 말의 파장이 크리라고는 생각하지 못했다.

"CA 시간에? 그럼 내가 김성경 작가한테 물어볼까? 정아야, 이거 심각한 문제야. 정말 표절이 맞다면 수상 취소로 끝나는 문제야 아니야. 법적 책임을 질 수도 있어."

법적 책임이라는 말이 나오자 정아는 움찔했다. 그렇게까지 깊이 생각해 보지 않았다. 표절이라면 몇 문장이 같아야 한다고 들었는데 그건 아니었다. 그럼 아이디어 표절인가?

하윰은 그때까지도 아무 말이 없었다.

"쟤 또 거짓말하네."

아까 인스타그램 얘기할 때 가장 흥분했던 연주였다. 연주는 정아에게 왜 이렇게 화가 나 있는 걸까?

"그건 또 무슨 말이야?"

끄덕쌤이 묻자 연주가 "쌤, 쟤 왜 전학 왔는지 아세요? 친구 물건 훔치다 걸려서 전학 온 거래요."라고 했다.

"하유미, 아까 잘난 척하면서 도와주더니, 되레 당하네."

아이들이 쑥닥거렸다. 단 몇 분 사이에 일어난 일이었다. 아이들은 정아를 이상한 애, 라고 이미 낙인찍은 후였다. 정아의 말이 사실인지 아닌지 검증할 생각은 하지 않았다. 정아의 말은 무조건 거짓말이고 하윰은 뒤통수 맞았다는 게 몇 분 만에 내린 결론이었다.

끄덕쌤이 탁자를 손으로 두 번 내리쳤다.

"다들 조용! 지금 무슨 소리 하는 거야? 확인된 사실이 아니면 이렇게 공개적으로 얘기하는 거 아니야. 연주, 너 지금 네가 하는 말에 책임질 수 있어? 다들 남의 말 함부로 하는 거 아니야."

끄덕쌤이 화내는 모습은 처음이었다. 단호한 모습과 달랐다. 단호함이 일종의 연출이었다면, 지금은 본능 같았다.

"지금 오갔던 말들은 내가 진상을 알아볼 때까지 언급하지 않는 걸로 하자. 비판이든 용서든 진상을 알아보고 해도 늦지 않아. 정확한 게 더 중요한 거야."

끄덕쌤의 말에 교실 공기가 차분해졌다.

"교과서 펴."

수업 내내 농담도 웃음도 없었다. 하윤과 또다시 눈이 마주쳤다. 하다 하다 하윤이 CA 시간에 글을 바꿔 읽었던 일 자체를 잊어버린 게 아닌가 하는 생각까지 들었다. 드라마나 영화에서 교통사고를 당한 주인공들처럼. 그게 아니라면 하윤의 태도를 이해할 수 없었다. 하윤은 그런 애가 아니었다. 정아는 그때까지도 하윤을 의심하지 않았다.

쉬는 시간이 되자 여기저기서 눈길이 비수처럼 날아와 꽂혔다. 정아는 연주뿐 아니라 다른 아이들이 누굴 의심하는지 알 것 같았다.

거짓말쟁이는 과연 누구일까?

정아는 눈을 감았다.

2

고의는
아니었어

하음

청하와 정아, 하음이 상담실에 마주 앉았다. 끄덕쌤이 녹차가 든 쟁반을 들고 왔다. 종이컵에서 뜨거운 김이 모락모락 피어올랐다.

"김성경 작가한테 전화해서 확인해 봤어. 그날 수업 시간에 유미가 읽은 글과 비슷하다고 했어. 정아한테는 미안하지만, 그날 정아가 읽은 글은 생각나지 않는대. 청하도 그날 같이 있었지?"

청하가 고개를 끄덕였다.

"그럼 그날 유미가 고양이 이야기 읽은 거 맞아?"

청하가 정아와 하음의 눈치를 살피더니 고개를 끄덕였다.

"그때 바꿔 읽은 거잖아. 재미 삼아. 너도 그때 옆에 있었잖아.

못 들었어?"

정아의 말에 청하가 손톱을 깨물었다.

"그럼 종합해 보면, 그날 자화상에 관한 글을 발표했는데 유미가 자신을 고양이에 빗댄 글을 발표한 건 맞아. 그런데 정아는 그게 정아가 썼다는 거지?"

끄덕쌤이 말하자 정아가 입술을 깨물었다. 그러는 정아를 보자, 하윤은 눈물이 차올랐다. 이상하다는 걸 안다. 자기도 이런 이야기를 들으면 분명 '무슨 말이야?' 하고 난감해할 것 같다.

"유미는, 유미는 그런 적 없다는 거고?"

오전에 그런 일이 있고 나서 수업이 끝날 때까지 하윤과 정아는 서로 한마디도 하지 않았다. 하윤은 이번에도 답하지 않았다. 답할 수 없었다는 게 맞을 테다.

"유미야. 네가 곤란한 건 알지만 그래도 솔직히 말해 줘야 해. 그게 친구를 위하는 길이야."

하윤은 정아의 눈을 쳐다볼 수 없었다.

"솔직히 말하면 좀 난감해. 김성경 작가도 청하도, 그날 유미가 자신을 고양이에 빗댄 글을 발표했다고 했어. 그런데 정아는 그게 자기가 쓴 글인데 유미와 장난삼아 바꿔 읽었다는 거잖아. 이걸 증명해 줄 사람은 유미밖에 없는데, 유미는 답하지 않아. 선생님이 어떻게 이해해야 할까?"

정아가 자리에서 일어섰다.

"선생님은 제가 거짓말한다고 생각하세요?"

"그런 뜻이 아니라."

"그날 그냥 장난이었어요. 자화상인데, 바꿔 읽어도 작가님이 눈치챌지 아닐지 궁금해서 그랬던 거예요. 근데 작가님이 눈치 못 채길래 웃으면서 지나간 얘기예요."

"앉아."

끄덕샘이 단호하게 말했다. 정아가 마지못해 앉았다.

"그럼 고양이에 빗댄 네 아이디어를 유미가 훔쳤다는 거야?"

정아가 고개를 끄덕였다.

"유미, 네가 말해 봐. 정아 말이 사실이야?"

하윰은 끝까지 입을 다물었다.

시간이 한참을 흘렀다. 5분인지 10분인지 아니면 1시간인지 정확히 알지 못하지만, 충분하다고 느낄 만한 시간이 지난 뒤에 정아가 체념한 듯한 얼굴로 자리에서 일어났다.

하윰은 눈을 감았다.

정아가 상담실을 나갔다.

"유미야, 정아가 왜 저러는 줄 아니? 도둑질해서 전학 왔다는 건 또 무슨 얘기고. 응?"

"정아가 전학 오기 전 학교에서 다툼이 있었나 봐요. 저도 잘

은 몰라요. 근데 정아가 도둑질한 건 아닐 거예요. 이건 혜지한
테 물어보세요. 혜지가 잘 알 거예요."

"자화상은?"

끄덕쌤이 침을 꼴깍 삼켰다. 창문이 바람에 흔들렸다.

"솔직히 말해 봐. 정아가 혹시 샘나서 저러는 거니? 선생님이
김성경 작가랑 친구인 건 알지? 선생님도 원래 꿈이 작가였어.
성경이랑 많이 비교됐지. 샘난 적도 많고. 그런 감정은 나쁜 게
아니야."

하윤은 처음으로 모두를 속일 수도 있겠다는 생각이 들었다.

"일단 가 봐."

하윤은 청하와 함께 상담실을 나와 각자 자기 교실에 가서 가
방을 챙겨 나왔다.

벌써 가을을 지나 겨울로 가는 걸까. 바람이 불자 나뭇잎이
우수수 떨어졌다. 앙상해진 나뭇가지들이 꼭 하윤의 마음을 대
변해 주는 것만 같았다. 하윤은 교복 깃을 세우고 팔짱을 낀 채
걸었다. 낙엽이 거리를 굴러다녔다.

"정말 못 들었어?"

하윤이 물었다. 청하가 고개를 끄덕였다. 하윤만 말하지 않는
다면 완전 범죄였다.

양심에 대해 별로 생각하지 않고 살았다. 거짓말이야 종종 했

지만 대부분 남에게 크게 해를 끼치지 않는 종류였다. 밥을 먹지 않았는데 먹었다고 하거나 공부를 했는데 안 했다고 하거나. 이번 거짓말은 차원이 달랐다.

그런데 입이 떨어지지 않았다.

하윰은 서울에 있는 예술대학 문예 창작과에 가서 작가가 되고 싶었다. 어떤 작가가 되고 싶은지, 어떤 글을 쓰고 싶은지는 모른다. 언젠가부터 글 쓰는 삶을 꿈꾸게 된 것 같다. 잘하는 게 그것밖에 없으니까. 글쓰기 말고 다른 걸로 칭찬받은 기억이 없다.

청주에 있는 대학엔 문예 창작과가 없다. 있다 해도 절대 가지 않을 것이다. 엄마와 태양이를 떠나는 걸로, 둘이 자기를 버린 게 아니라 자기가 둘을 버렸다는 걸 똑똑히 알려 주고 싶으니까. 장관상 하나 받았다고 서울에 있는 예술대학 문예 창작과에 간다는 보장은 없다. 하지만 확률은 높아진다. 하윰은 그걸 포기하고 싶지 않았다.

"둘이 쏙닥거렸던 건 기억나. 너무 떠들어서 방해됐거든."

청하가 갑자기 발걸음을 멈췄다.

"정아가 그럴 애로 보이진 않았거든? 글쓰기를 좋아하긴 해도 욕심이 있어 보이진 않았어. 왜 그랬을까?"

하윰은 아무 말도 할 수 없었다. 청하도 모른다는 사실이 하윰을 부추기기도, 두렵게도 했다. 마치 양심을 시험하는 리트머스 종이처럼.

* * *

정아에게 연락이 오면 뭐라고 말해야 할까 고민했는데 아무 연락이 없었다. 화난 걸까? 당연하겠지. 하지만 고의는 아니었어. 하윰은 혼잣말을 했다.

'아이디어만 가져온 거야. 문장은 다 내가 쓴 거야. 아이디어 가져온 걸로 표절이라고 하진 않잖아. 물론 네 아이디어라는 점을 미리 말하지 못한 건 미안해.'

결국 변명만 하게 될 거다. 그렇다고 먼저 연락할 자신은 없었다. 이러다 흐지부지될 거라 생각했던 것 같기도 하다.

그런데 이튿날, 정아가 학교에 오지 않았다.

하윰은 정아가 조금 늦는 줄 알았다. 1교시가 끝날 때까지 오지 않는 걸 보고 정아가 지각이 아닌 결석을 했다는 걸 알았다. 끄덕쌤이 정아 부모님에게 연락해 보기로 했다. 하윰은 수업 내내 좌불안석이었다. 진실을 아는 사람은 정아와 하윰 둘뿐이라는 사실이 하윰을 더 초조하게 만들었다.

쉬는 시간마다 아이들은 정아 이야기를 했다. 도둑질하다 들켜서 전학 왔는데, 이젠 거짓말하다가 들켜서 학교도 빠진다고. 또라이라는 소리도 들렸다. 불과 이틀 전까지 얼굴을 마주 보며 얘기 나누고 웃던 사이다. 자신들이 겪은 사람보다 소문을 더 믿는 걸까.

"기유라 지난번에 협찬받았는데 안 받았다고 거짓말해서 사과문도 올렸어. 걔 말이 다 진실은 아니야."

혜지였다.

"뭐래, 네가 먼저 소문낸 거잖아."

연주의 지적에 혜지가 입을 다물었다. 만약 혜지가 기유라 인스타그램에 올라온 이야기를 아이들한테 말하지 않았다면 어땠을까? 혜지도 혹시 후회하고 있는 걸까?

아이들은 진작에 정아를 거짓말쟁이라고 낙인찍은 듯했다.

교무실에 가니 끄덕쌤이 통화 중이었다. 하윰과 눈이 마주치자 끄덕쌤은 옆에 놓인 의자를 가리켰다. 네네, 알겠습니다, 혹시 연락 오면 바로 연락 주세요, 이런 말이 이어졌다.

끄덕쌤이 휴대폰을 내려놓자마자 하윰은 곧장 물었다.

"정아 무단 결석이에요?"

끄덕쌤이 고개를 끄덕였다.

"혹시 무슨 일 생긴 건 아니에요?"

"정아 부모님이 인천에서 내려오시는 중이니까, 조금 기다려 보자."

"가출한 거예요?"

끄덕쌤이 고개를 저으며 "일단 기다려 보자."라고 했다.

"……안 돌아올 수도 있을까요?"

"혼자 다니는 건지 누구랑 같이 있는 건지, 그것도 아직 파악되지 않았어. 어머님이 연락 없으면 경찰에 가출 신고 할 거라고 문자랑 카톡 남겨 두셨대. 휴대폰을 계속 꺼 두지는 않을 거잖아. 그거 보면 연락 주겠지."

2교시 시작을 알리는 종소리가 들렸다. 끄덕쌤이 자리에서 일어나며 "가출한 것처럼 보이면 위험할 텐데……." 했다.

"……사실은 표절 맞아요."

갑자기 튀어나온 말이었다. 끝까지 잡아뗄 생각이었다. 아무도 모르니까. 그런데 아무도 모른다는 점이, 자신이 사실을 밝히지 않으면 절대로 밝혀지지 않을 거라는 점이 하윤의 마음을 짓눌렀다.

말하고 싶었다. 밝히고 싶었다. 다른 한편으로는 영원히 밝히고 싶지 않았다. 두 마음이 계속 싸웠는데 정아가 위험해질 수도 있다는 얘기를 듣자마자 툭 튀어나온 것이다.

끄덕쌤이 하윰의 어깨를 토닥였다.

"괜찮아. 네 잘못 아니야. 감싸 줄 필요 없어."

"네? 아니, 정말인데……."

끄덕쌤이 하윰의 등을 쓰다듬으면서 "들어가자." 했다.

양치기 소년이 된 기분이었다.

"진짜예요, 제가 그런 거예요."

"돌아올 거야, 정아. 너무 걱정하지 마."

종교는 없지만 이런 게 바로 업보인가, 하는 생각을 하지 않을
수 없었다.

* * *

쉬는 시간에 끄덕쌤이 교실로 들어왔다. 미간을 찌푸린 채로
교실을 살피다가 하윰을 보고 고개를 끄덕였다.

끄덕쌤을 따라가는데 심장이 쿵쿵 울리는 것만 같았다. 복도
가 좁아지다 못해 어깨까지 닿는 기분이었다. 끄덕쌤이 상담실
로 들어가 문을 닫았다.

"정아랑 연락이 닿았어."

끄덕쌤이 의자에 앉지도 않은 채 서서 말했다. 문을 닫았는데
도 주변을 살피더니 "병원이래."라고 덧붙였다.

"병원이요?"

하윰이 두 손으로 입을 가렸다.

"시내 중심가의 병원이래."

손에 땀이 차서 교복 치마에 닦았다. 상담실 탁자 꽃병에는 이름 모를 꽃이 꽂혀 있었다. 상담실은 교무실과 연결되어 있어서 누가 상담을 받는지 알 수 있는 구조였다. 정아는 만약 자기가 교장이라면 상담실은 교무실과 가장 멀리 떨어진 곳에 만들 거라고 생각했다.

"자세한 이야기는 가서 들어."

그러더니 끄덕쌤이 입술에 침을 묻히고 "아까 한 말 진짜야?"라고 물었다.

하윰이 고개를 끄덕였다.

"정말로?"

끄덕쌤은 도무지 믿기지 않는다는 표정이었다. 여전히 친구를 위한 선의의 거짓말이라고 생각하는 걸까.

"나는 3교시 수업이 있어서 같이 못 가. 조퇴로 처리해 줄 테니까 먼저 가 봐."

끄덕쌤이 택시비를 건넸다.

택시 운전사 아저씨가 목적지를 묻는데 하윰은 입이 떨어지지 않았다. 아저씨가 몇 번 재촉한 뒤에야 간신히 병원 이름을 됐다.

병실 문손잡이를 잡았지만 힘이 들어가지 않았다. 정아를 무슨 낯으로 볼까. 병원엔 왜 입원한 걸까. 하윰은 생각할 수 있는 최악의 상황을 상상했다.

"안 들어가니?"

하윰이 고개를 돌렸다.

"정아 친구 맞지?"

하윰에게 친근히 말을 걸어온 여성은 청바지에 가을 재킷을 걸치고 있었다. 화장을 거의 하지 않아 수수해 보였다. 정아가 말한 새엄마라는 걸 한눈에 알 수 있었다. 하윰이 입을 벌린 채 고개를 숙였다.

"안색이 왜 이렇게 창백해?"

"정아는 왜 그런 거예요? 혹시 저 때문에⋯⋯?"

아줌마가 미소를 지었다.

"너 때문이라고? 둘이 무슨 일 있었어? 그런 거 아니야. 어젯밤부터 앓았대. 감기 몸살인 줄 알고 약 먹여 재웠는데 아침에 눈을 잘 못 뜨더래. 오늘은 학교 쉬라고 했더니 그러면 애들이 더 오해할 거라고 우겨서 나가더니."

아줌마가 한숨을 푹 내쉬었다.

"길거리에 쓰러진 걸 누가 발견해서 병원으로 데려왔대."

쓰러졌다는 말이 누가 확성기에 대고 말한 것처럼 귓가에 울렸다. 마음의 준비도 아직 못 했는데, 아줌마가 병실 문을 벌컥 열었다.

"친구 왔어."

아줌마가 하윰의 등을 떠밀었다.

"얘기 나누고 있어."

하윰은 얼결에 병실 안으로 들어갔다. 정아는 수액을 맞고 있었다. 괜히 닫힌 문을 향해 원망의 눈길을 보냈다.

"왜 왔어?"

정아가 시큰둥하게 말하고 고개를 돌렸다.

"선생님한테 말했어. 내가 표절했다고……."

덤덤하게 말하고 싶었는데 목소리 끝이 떨렸다. 정아는 한동안 말이 없었다.

"안 믿지?"

하윰이 고개를 끄덕였다.

"나 사실은……."

하윰이 크게 한숨을 내쉬었다. 다시 입을 떼려는데 코끝이 시었다. 하윰은 코에 힘을 주고 입을 열었다가 또 한숨만 내쉬었다. 다시 큰마음 먹고 입을 열었지만, 이번에도 말하지 못했다. 말을 하면 포도알 같은 눈물이 데구루루 흘러나올 것만 같았다.

"사실은 뭐?"

정아가 여전히 심통 난 표정으로 물었다.

"내가 뭐 자살 시도라도 했을까 봐?"

하윤이 하려는 말을 정아가 대신했다. 하윤은 고개를 주억거렸다.

"내가 왜?"

정아가 물었다. 말도 안 되는 소리를 들은 것처럼 씩씩거렸다.

"억울해서."

"억울하긴 억울했어. 근데 죽으면 더 억울하잖아. 어젯밤부터 정말 아팠는데 학교 안 가면 다들 내가 거짓말 들켜서 안 온다고 생각할까 봐 진짜 힘들게 갔는데……."

정아가 몸을 일으켰다.

"그래서 밝힌 거야? 내가 자살 시도한 줄 알고?"

하윤이 고개를 끄덕였다.

"자살이라도 시도해야 진실을 말하는구나."

정아가 나지막이 한숨을 내쉬었다.

표절하고도 안 한 척은 할 수 있지만 자기 때문에 누가 죽는다면 모른 척할 수 없었다. 하윤의 양심은 딱 그 정도였던 것 같다. 게다가 정아는 아무나가 아니라 친구였다. 정아는 더 이상

자신을 친구로 여기지 않을 수도 있겠지만, 말이다.

"미안해."

하윤이 몸을 돌렸다. 정아가 자신을 보고 싶지 않을 거라 생각했다.

"미안하면."

하윤이 고개를 돌렸다.

"나 화장실 가는 것 좀 도와줘."

정아가 링거가 연결된 왼쪽 팔을 들어 올렸다. 그 말을 듣고 나서야 병실에 들어오고 처음으로 웃음이 났다. 온몸에서 힘이 풀렸다. 하윤은 정아 곁으로 갔다.

"너 좀 귀엽다."

정아가 하윤의 팔을 잡으며 말했다.

"내가 그런 걸로 왜 죽냐?"

정아가 눈을 꾹 감았다. 웃음을 참는 건지 울음을 참는 건지 알 수 없는 표정이었다. 하윤은 정아의 팔을 어깨에 두르고 침대에서 내려오는 걸 도왔다. 정아의 발걸음에 맞춰서 한 발짝씩 움직였다.

"너는 간이 콩알만 해서 큰일은 못 저지르겠다. 아니다, 이미 저질렀나?"

정아가 하윤을 툭 쳤다.

"너는? 너는 뭐 간이 크고?"

하윰도 정아를 툭 쳤다.

"야아, 나 환자야."

이렇게 쉽다니!

별일 아니라니!

하윰은 잘못을 인정한다는 게 얼마나 어려운 일인지 이제야 깨달았다. 하지만 잘못을 받아들이고 나면, 그다음부터는 많은 게 쉬워질 것 같았다. 정아가 한 번 더 하윰 어깨를 쳤다.

"선생님한테 말해 줘서 고마워. 그거면 돼."

화장실 앞에서 정아를 기다리는데 병실 문이 열렸다. 아줌마였다. 아까는 경황이 없어서 제대로 보지 못했는데, 다시 보니 피부가 반질거렸다. 정아 피부도 그랬다. 얼굴이 하도 반질거려서 뭐 발랐어? 물어보면 아니라고 했다. 과학 머리가 아예 없는 하윰도 새엄마와 의붓딸 사이에 유전적인 요소가 있을 거라고 생각하지는 않았다. 그럼에도 둘이 닮았다는 생각을 지울 수 없었다.

"과일 좀 가져왔어."

아줌마 손에 사과가 들려 있었다.

"피부가 똑같아요."

말하고 말았다.

"피부가? 모녀 사이라 그런가."

"걔 알아요."

정아가 화장실 안에서 말했다.

"벌써 말했어? 그거 말하는 게 뭐 그리 급하다고. 하여간 맘에 안 든다니까."

맘에 안 든다는 말에 하윰은 심장이 덜컥 내려앉는 것 같았다. 또 실수한 건 아닐까, 하는 마음으로 아줌마 얼굴을 살폈는데 입꼬리가 살짝 올라가 있었다.

"무슨 일 있었는지, 말해 줄 수 있어?"

"여기서도 다 들리거든요?"

아줌마가 말하는 동시에 화장실 안에서 정아 목소리가 들려왔다.

"공짜로 딸 하나 생긴다고 좋아했는데, 역시 세상엔 공짜가 없다."

아줌마가 하윰을 향해 눈짓했다.

둘이 어떤 사이인지 알 것 같았다. 하윰은 자신과 엄마의 관계보다 정아와 새엄마의 관계가 어쩌면 더 일반적인 모녀 사이에 가깝지 않을까 생각했다.

*　*　*

아줌마 차가 하윤을 태우고 병원을 빠져나왔다. 혼자 가겠다
고 했는데도 아줌마가 기어이 따라나섰다. 아마도 정아 일에 대
해 듣고 싶어서 그랬을 거다. 하윤은 아는 대로 설명했다.

"죄송해요."

"무슨 이런 일이 다 있니."

"제가 학교에 가서 바로잡을 거예요."

"아마 잘 안 될 거야."

"진짜 할 거예요."

"너를 못 믿어서가 아니라……. 믿지 않으려는 사람들을 믿게
하는 건 생각보다 훨씬 힘들거든."

아파트 입구에 도착했다. 아줌마가 하윤에게 "정아 잘 부탁
해." 했다. 정아가 무너지지 않는 이유가 있었다. 손발이 떨리는
와중에도, 두 다리가 휘청거리면서도, 끝내 무너지지 않는 이
유가.

자신을 사랑하지 않는 친엄마와 자신을 사랑해 주는 새엄마
중에서 한 명을 골라야 한다면, 하윤은 단연 후자였다.

리라　정아 친구 맞지?

차에서 내려 집으로 걸어갈 때 알림이 왔다. 인스타 DM이었다. 프로필을 눌러 보고 누군지 바로 알 수 있었다. 정아가 말해 준 아이였다. 인스타에 정아에 관한 헛소문을 퍼뜨리는 아이와 같은 반이라고 했다.

하윰 그런데?

리라 정아랑 연락이 안 돼. 무슨 일 있어?

하윰 네가 누군지부터 말해야지.

리라 정아한테 기유라 관련된 얘기라고 하면, 알 거야.

하윰 너, 리라야?

리라 응.

하윰 정아 지금 병원에 있어.

리라 병원? 왜?

하윰 스트레스 받아서 쓰러졌어.

병원 이야기를 꼭 할 필요는 없었다. 그렇지만 하고 싶었다. 왠지 그래야만 할 것 같았다. 리라가 병원 주소를 물었다. 복잡하게 꼬인 매듭을 푸는 방법을 도무지 알 수 없었다. 리라가 기유라를 막아 준다면 일이 조금 단순해지지 않을까.

"일찍 오네."

현관문을 열고 들어서자 엄마가 물었다.

"조퇴했어요."

"왜?"

"진짜 궁금하긴 한 거야?"

엄마가 진짜 궁금해한다면 말해 줄 생각이었다.

"엄마! 배고파!"

태양이가 말했다.

"알았어! 갈비만두 구워 줄게."

엄마가 부엌으로 발걸음을 옮기다가 "근데 왜 조퇴했다고?" 다시 물었다. 하윰은 말하지 않았다. 엄마도 더 캐묻지 않고 몸을 돌렸다. 태양이가 혼잣말로 "또……. 나 갈비만두 싫어하는데."라고 속삭였다. 탁탁탁탁. 부엌에서 양파 써는 소리가 들렸다.

정아

바로 다음 날, 리라가 청주까지 올 거라고는 전혀 예상하지 못했다. 리라는 정아가 좋아하던 마들렌과 쿠키를 사 들고 왔다. 토요일이라 엄마에게 어렵지 않게 허락을 받았다고 했다. 겸사겸사 하윰도 정아네서 자고 가기로 했다.

"뭐야? 스트레스 받아서 쓰러졌는데 왜 살이 쪘어?"

리라의 말이었다.

"드라마 다 거짓말이야. 스트레스 받는다고 살이 빠진다는 게 말이 돼? 떡볶이가 얼마나 땡기는데."

"여학생이라면 떡볶이 좋아한다는 말은 거짓말이야. 그런 말도 안 되는 일반화가 어딨어? 물론 나도 떡볶이 좋아하긴 하지만."

리라가 말했다.

"나도 그거 정말 말도 안 된다고 생각해. 여자들은 떡볶이 좋아하고 남자들은 돈가스 좋아한다? 우리나라는 다양성 같은 건 모른다니까."

하윰이 말했다.

"근데 너도 떡볶이 좋아하지?"

리라가 물었다.

하윰이 고개를 끄덕이자 셋이 낄낄대며 웃었다. 이런 유치한 말장난은 언제쯤 질릴까. 정아는 이 순간이 소중하게 느껴졌다.

리라와 정아, 하윰은 그동안 있었던 일을 이야기했다. 하윰과 리라는 처음 만난 사이인데도 어색함이 없어 보였다.

리라는 정아에게 왜 싸우지 않았는지 물었다.

"도둑이라고 낙인찍힌 상태였으니까."

정아의 말에 리라가 "다 내 잘못이네, 따져 보면. 근데 기유라 웃기지 않냐? 팔로워 늘리려고 일부러 그러는 거야."라고 했다.

"기유라한테 포스팅 정정해 달라고 할 거야."

리라가 이어 말했다.

"해 줄까?"

정아가 리라에게 물었다.

"커뮤니티에 올릴 거야, 안 그러면."

올리면 믿어 줄까? 인터넷 세상에서 진실을 판별할 수 있을까. 거짓말은 한 마디면 되는데 진실을 밝히려면 열 마디 스무 마디가 필요하다.

"너 만약에……."

정아가 뜸을 들였다.

"그거 밝혀지면 상 취소되는 거 아니야? 그럼 대학교 못 가잖아."

하윰이 입술을 쭉 내밀었다.

"복수였던 것 같아. 나는 내가 글 쓰는 걸 좋아한다고 생각했는데, 실은 엄마한테 복수하고 싶어서 나를 속인 것 같아. 글 쓰는 거 너무 힘들었어."

하윰은 의자에 앉아 있었다. 리라는 바닥에 누워 침대에 발을 걸치고 있었고 정아는 침대에 누워 있었다. 하윰의 의자가 빙그르르 돌아갔다.

"진짜? 글 쓰는 거 좋아하는 줄 알았어."

정아의 말에 하윰이 고개를 내저었다.

"그만하려고, 이제."

"나 때문에?"

정아의 물음에 하윰이 얼굴을 돌렸다. 공간이 좁아 둘이 얼굴을 코앞에 대고 마주 보게 됐다.

"너 꼭 아줌마 같아."

"아줌마? 너네 새엄마?"

"다 자기 때문인 줄 알아. 아줌마도 너도. 물론 하윰 너는 나한테 잘못한 게 맞지만……."

정아의 말에 하윰이 잠시 생각에 빠졌다. 그리고 입을 열었다.

"도망치고 싶었어, 엄마한테서. 근데 이제 마음이 바뀌었어."

"어떻게?"

정아가 물었다.

"버틸 거야. 너처럼."

하윰이 정아를 보며 말했다.

"그러니까 우리, 계속 진실을 말하자."

"안 믿을 거야. 난 애들이 절대 안 믿을 것 같다는 생각이 들어."

정아가 어깨를 축 늘어뜨리자 리라가 말했다.

"아니야, 말하면 믿어 줄 거야."

이런 이야기를 나누며 새벽까지 수다를 떨었다. 별것 아닌 이야기인데도 왜 그렇게 재밌는지. 하윰은 내용도 모르면서 맞아 맞아, 그랬지? 라고 했다. 정아가 너 그때 없었잖아, 하면 하윰은 아니야, 알아, 했다. 그 모습을 보면서 리라가 웃었다.

어느덧 웃음소리가 점점 잦아들었다. 약속이라도 한 듯 셋이 함께 스르르 잠이 들었다.

"리라야, 준비했어?"

아줌마가 인천 올라가는 길에 리라를 집까지 데려다주기로 했다. 아줌마는 목요일에 내려와서 일요일까지 머물렀다.

"잠깐만요."

리라가 마스카라로 눈썹을 올렸다. 리라는 메이크업 베이스부터 시작해서 마스카라까지 빼놓지 않았다.

"이건 변장 수준이야. 인간이 고양이가 됐네."

하윰이 존경스럽다는 눈빛으로 리라를 바라봤다. 정아는 혀를 찼다. 그 모습을 탐탁지 않은 눈으로 바라보던 아줌마가 나지막이 말했다.

"이런 말 안 하려고 했는데, 너희 나이 때는 그냥 가만히 있어도……."

"안 예뻐요."

리라가 받아쳤다.

"가만히 있으면 절대 안 예뻐요. 노력해야 예쁘지. 맞지?"

리라가 화장하는 모습을 보며 혀를 차던 정아도 이번에는 고개를 끄덕였다.

"친구라고 편들긴. 그래, 너희 셋 잘났다! 우리 엄마가 그러더

라. 지인지조라고!"

아줌마가 두 손 들었다는 듯 외쳤다.

"그게 무슨 뜻이에요?"

하윤이 물었다.

"지팔지꼰, 지 팔자 지가 꼰다고. 강동원이랑 결혼해서 이 꼴 보는 거면 말을 안 해."

"뭐야. 아줌마 눈 높았네요?"

정아가 눈을 동그랗게 떴다.

"우리 아빠랑 결혼하기에 얼굴은 안 보시는 줄 알았는데."

아줌마는 마음만 보는 사람인 줄 알았다.

"솔직히 말하면, 우리 엄마가 처음에 네 아빠 보고 뒤로 넘어 갔어. 처녀가 애 딸린 홀아비랑 결혼한다니 인물이 얼마나 출중 할까 싶었던 거야."

"아줌마."

정아가 말했다.

"제가 잘해 드릴게요. 진심이에요. 그리고 리라 너, 화장 안 해 도 예쁘니까 화장하지 마. 그냥 아줌마 말 들어."

정아를 필두로 하윤과 리라가 필사적으로 고개를 끄덕였다. 아빠와 결혼한 것 하나로도 아줌마는 충분히 대우받을 만했다.

* * *

여태껏 살면서 주목받아 본 적이 거의 없다. 대부분의 아이들이 그렇듯이. 특별히 공부를 잘하거나 특별히 예쁘거나 특별히 부자거나 아예 반대일 경우가 아니라면.

정아는 이제 안 좋은 쪽으로 주목받게 됐다.

아무렇지 않게 학교에 나왔다면 그대로 사그라들 수도 있었겠지만, 며칠 결석을 했기 때문에 아이들의 마음이 요동쳤다. '진짜? 설마? 정말?'의 단계. 친구에게 표절했다는 누명을 씌우고, 이전 학교에서 친구 물건 훔쳤다가 걸려서 전학 온 애. 그 사실을 들키자 학교에 결석한 애.

정아가 교실에 들어섰을 때 혜지가 힐끗 돌아보고는 이내 정아를 못 본 척했다.

이 일의 시초라고 할 수 있지만 정아를 무조건 나쁘게 몰기보다는 여러 가능성을 살폈던 아이다. 서운한 마음도 들었지만 어쩌면 공평한 아이일 수도 있다는 믿음이 있었다.

연주의 표정이 심상치 않았다. 이유는 모르지만, 연주가 정아에게 가장 큰 적개심을 드러냈다. 곧이어 하윤이 씩씩거리며 들어왔다.

"야, 인스타 켜 봐."

yumvely   ⋮

더 이상 참지 않겠습니다!

자꾸 디엠으로 도둑질 피드 내려 달라고 난리인데, 그렇게 자신

있으면 당사자가 직접 말하세요. 앞에서 말할 자신도 없으면서……

♡ ♡ ⍦   🔖

#도둑질 #왜남의다이어리가네사물함에서? #바늘도둑이소도둑된다

#방귀뀐놈이성낸다 #적반하장 #반박시하나더공개

진실은 리라와 정아가 가장 잘 알 텐데 왜 사건을 제대로 알
지도 못하는 타인들이 더 당당한 걸까?

"신경 쓰지 말자. 저러다 말겠지."

정아가 하윰에게 말했다. 신경 쓰지 말아야지 하고 교실을 돌
아보는데, 다들 정아를 보고 있었다. 정아하고도 오랫동안 알았
다고 할 순 없지만, SNS를 통해서만 아는 기유라의 말을 더 믿
는다는 게 여전히 믿기지 않았다.

교실에서 정아에게 말을 거는 사람은 아이러니하게도 일을
촉발한 하윰과 혜지밖에 없었다. 쉬는 시간에는 청하가 찾아왔
다. 쭈뼛쭈뼛 다가오더니 "안 혼났어?" 하고 물었다. 정아가 고
개를 끄덕이자 "결석했는데 혼나지도 않고. 좋네." 하고는 혼자
웃었다.

"그럼 너도 마녀사냥 당해 봐. 결석 일주일 해도 안 혼날걸?"

정아가 재밌는 농담을 했다는 듯이 웃다가 주변을 돌아봤다.

정아만 웃고 있었다.

"어? 뭐야?"

하윰이 휴대폰을 보면서 말했다.

"얘 진짜 미쳤나 봐."

하윰이 휴대폰을 내밀었다. 기유라의 인스타그램 피드였다.

 yumvely

제가 지난번에 작년에 누가 도둑질해서 전학 간 적 있다고 남긴 적 있죠? 그게 갑자기 여기저기 퍼지면서 이렇게 사건이 커질 줄은 몰랐어요. (왜 허락도 없이 남의 피드 퍼 가나요?) 암튼 그랬더니 갑자기 주작이다 아니다로 난리도 아니네요. 제가 왜 주작을 하나요? 어제 분명히 경고도 했어요.

저를 계속 거짓말쟁이라고 몰면 가만히 있지 않겠다고요. 우선 주작이 아니라는 증거 공개합니다. 사진 보시면 돼요.

#세상에서제일억울한건오해받는일

다이어리 사진이었다. 이게 어떻게 증거가 되지? 정아는 황당하다고 생각했는데 "봤지? 빼박이네." 하는 소리가 들렸다. 연주였다.

"이게 무슨 증거야?"

상대할 가치조차 없었다.

"유라가 거짓말한 거면 다이어리 사진이 어디서 난 건데? 유라가 다이어리 사건 알고 있는 게 맞잖아!"

연주 목소리가 높아졌다.

이게 과연 연주가 화낼 일일까? 연주에게 화낼 자격이 있을까? 온라인 세상의 여러 논쟁이 떠올랐다. 누가 글을 올리면 우르르 몰려가서 사실 여부도 확인하지 않은 채 비난했다. 그러다 사실이 밝혀지면 사람들은 이미 다른 일로 눈을 돌린 뒤였다. 이런 과정이 끊임없이 반복됐다. 연주의 태도는 우르르 몰려다니는 익명의 대중 같았다. 좀비 같아.

"애초에 걔가 다이어리 사건을 몰랐다는 게 아니라 잘못 알고 있었다는 거라니까!"

하윤이 말했지만 애들은 이미 흩어졌다.

그리고 서로 얼굴 한 번 본 적 없는 애들끼리, 또는 같은 반이었다는 것 말고는 공통점이 전혀 없는 애들끼리 공방전을 벌였다.

rira   ⋮

저는 이 사건의 당사자인 김리라입니다. 사실 이런 상황이 조금 당황스러워요. 오늘 같은 반인 애가 와서 이거 네 이야기냐고 물어보는 거예요. 평소에 말 한 번 안 해 본 애인데. 게다가 이 사건의 당사자 중 한 명인 제 친구는 이 일 때문에 전학 간 학교에서 곤란한 일을 겪고 있거든요.

더는 침묵할 수 없기에 진실을 밝힙니다.

(근데 웃기네요. 제가 연예인도 아니고 개인 인스타그램에 이런 걸 남긴다는 자체가. 그런데 이런 거 안 남기면 계속 뒤에서 쑥덕거릴 테니까. 그나저나 기유라는 팔로워가 20만 명이 넘지만 저는 고작해야 몇십 명인데, 여기에 남기면 누가 보나요? 퍼 가려나?)

아주 간략하게 말하자면,

J라는 친구와 저는 단짝이었고, 같이 비밀 다이어리를 썼어요. 그러다 다투는 바람에 J가 다이어리를 돌려 달라고 했는데 제가 거절했어요. J는 화가 나서 제 가방에서 다이어리를 몰래 가져갔고, 그 과정에서 오해가 생겼어요. 제가 사실 관계를 바로 밝혔어야 했는데 저도 화가 나서 말하지 않았고요.

이게 끝이에요.

더 이상 제 친구를 도둑으로 몰지 않았으면 좋겠어요. 솔직히 당사자도 아니잖아요.

#관종 #기유라

리라의 팔로워가 100명 가까이 늘었다. 물론 기유라의 팔로워는 훨씬 더 늘었다. 인스타그램뿐만 아니라 페이스북에도 이 사건이 퍼졌다. 점점 과열됐다. 이 사건의 승자는 누구일까? 기유라는 곤약젤리 광고 피드를 올렸다. 평소보다 판매량이 늘었을 거라고 추측했다.

> **yumvely**   ⋮
>
> 처음엔 다이어리 도둑 사건 자체가 거짓이라더니 갑자기 다이어리 잃어버린 건 사실이라고 말을 바꿨죠? 이런 걸 물타기라고 합니다.
>
> J라는 애의 이름은 정정아입니다. 사실 그냥 넘어가려고 했는데 저를 무슨 관종 취급하는 건 도저히 못 참겠어서 사진 공개해요.
>
> #실존인물 #진짜 #다음엔다른사건공개

흐릿하게 모자이크 처리를 했지만 정아가 맞았다.

그런데 이게 사건의 본질과 무슨 관련이 있을까? 그런데도 아이들이 정아를 보는 시선이 달라지는 게 느껴졌다. 하윤과 혜지, 청하만 빼고.

리라에게 더 이상 대응하지 말라고 하려다가, 얼굴까지 나온 마당에 뒤로 물러나면 오히려 저들의 생각을 확고히 해 주는 것 같아 그만뒀다.

정아는 기유라가 이 문제에 이토록 집착하는 이유가 궁금해졌다. 혹시 그런 걸까? 장 여사가 드라마만큼 자주 보는 건 유튜브다. 큰일 났다, 난리 났다, 역풍 분다는 유튜버의 말에 슈퍼챗으로 5천 원, 1만 원 심지어 5만 원을 보낼 때도 있다.

정말 큰일일까? 하는 의문이 들기도 전에 할머니의 지갑에서 잽싸게 돈이 빠져나갔다.

기유라가 사건을 키울수록 기유라의 팔로워가 늘어나는 건 사실이었다. 정아는 이용당한다는 걸 깨달았지만 어찌할 도리가 없었다.

* * *

CA 수업에 들어갔는데 김성경 작가가 아무 말이 없었다.

"『다른 모든 눈송이와 아주 비슷하게 생긴 단 하나의 눈송이』라는 책이 있어요. 은희경 작가님의 소설 제목이죠. 처음에 제목 보고 당황했어요. 눈송이가 다 다르다고? 보통 그렇게 생각 안 하잖아요. 그러다 곰곰이 생각해 보니 다 다른 거예요. 비슷해 보이지만요. 요즘 그런 생각이 자주 들어요. 진실이라는 게 눈송이 같다고요. 대충 보면 절대 몰라요. 가까이 다가가서 열심히, 자세히 봐야 알아요. 아, 이 부분이 사실과 다르구나, 하고요. 진실 알기를 게을리하면 안 돼요."

작가는 표절이 진짜라고 생각할까 아닐까? 정아는 묻고 싶은 게 많았지만 묻지 못했다. 수업 내내 다른 모든 눈송이와 비슷하게 생긴 단 하나의 눈송이를 생각하느라 바빴다.

* * *

yumvely

지난번에 제가 광고했던 마스크팩 기억나세요? 매출 급상승했다고 인친님들을 위한 선물을 준비해 주셨어요. 그건 다음에 다시 포스팅할게요.

그리고 제가 다이어리 사건 이야기했었죠? 그러자 걔가 제가 거짓말하는 거라는 둥 포스팅 또 남겼고요. 더는 대응 안 하려다 제보를 받았어요. J라는 애가 전학 간 학교에서 또 도둑질하다 걸렸다는 얘기예요. 안 믿기죠? 저도 처음엔 거짓말인 줄 알았는데 그런 제보가 한둘이 아니더라고요.

이 정도면 그 뭐죠? 거짓말을 믿는 거. 아, 리플리 증후군! 그거 아닌가요?

이번 도둑질은 물건이 아니에요.

같은 반의 어떤 애가 백일장에 나가서 상을 받았는데, 자기가 쓴 글을 표절했다고 했다네요. 백일장이 뭔지 아시죠? 즉흥적으로 쓰는 글을 어떻게 표절할 수 있나요? 하나를 보면 열을 안다잖아요.

같은 반 아이의 제보니까 믿을 만해요. 혹시 또 부인하면 증거 공개합니다.

rira   ⋮

기유라랑 한때 친구였던 김리라입니다. 표절 주장은 당사자가 인정한 사실입니다. 당사자도 제 친구의 글을 표절한 거라고 밝혔습니다. 더 이상은 대응하지 않도록 할게요. SNS로 이런 공방전 하는 것도 지치네요. 기유라가 왜 이렇게 제 친구에게 관심이 많은지도 모르겠고요.

♡ ○ ▽   ⬚

#유라야내이야기팔아먹더니표절은왜건드려 #그만좀해

yumvely ⋮

한발 빼네요? 제 말이 맞죠? 처음부터 저는 진실을 말했어요. 그런데 마치 제가 유명해지려고(이미 유명한데?) 주작하는 것처럼 몰아가더니 제가 증거를 들이미니까 이제야 그만하겠다고 하네요. 만약 그 친구 말대로 표절한 게 사실이라면 상도 취소해야 하는 거 아닌가요?

♡ ◯ ◁   🔖

#김영란백일장이래요 #문의해주세요 #진실을찾아서 #김리라 #제보부탁

하음

백일장 문제가 다시 수면 위로 떠올랐다. 기유라의 팔로워들 중 몇몇이 백일장 측에 문제 제기를 한 탓이다. 백일장 주최 측에서는 처음엔 음해라고 판단하고 답변하지 않았다. 게다가 공론화가 되면 공정성에 타격을 입을 거라고 판단한 듯했다.

세상을 얕본 걸까? 이대로 사건이 묻힐 거라고 생각했는데, 세상에는 이런 일에 과몰입하는 사람들이 많았다. 어떤 아이들은 이 문제를 정의의 문제라고 판단했다. 저렇게 거짓말하는 아이는 혼이 나야 한다는 것인데, 그래야 정의가 바로 서기 때문이란다.

yumvely

백일장 상 취소 안됐죠?

♡ ◯ ▽   🔖

#그렇게자신만만하더니 #도둑 #거짓말 #진실 #내일부터공구들어가
요 #마스크팩최저가

기유라가 도발하듯 인스타그램 피드를 남긴 지 며칠 되지 않
아 백일장 주최 측에서 학교로 연락이 왔다. 진상 조사를 하겠
다는 것이다. 메이저 신문은 아니지만 지역 신문 한 귀퉁이에 공
정성에 의문이 간다는 기사가 실린 것도 이유 중 하나였다.

[단신] 청소년 백일장 당선작 표절 드러나 파문······.

제15회 김영란 백일장 대상 당선작 「내가, 내가 아니라면」의 표절 사실
이 드러나면서 파문이 일고 있다. 교육청과 백일장 주최 측에서는 진상
파악에 나선 가운데 당선자인 하OO 양은 아직까지 입을 열지 않고 있는
것으로 밝혀졌다.

백일장 주회 측에선 사건을 서둘러 매듭짓기를 바랐다. 끄덕
쌤은 단순히 절차일 뿐이라고 했다. 사건이 커지기 전에 막아야
한다는 거였다.

하윰의 입장에서는 난처했다. 표절을 안 했다고 항변하는 게 아니라 표절을 했다고 시인해야 한다는 점이. 하윰은 그때를 떠올렸다.

왜 그랬을까?

소재를 보자마자 고양이가 떠올랐다. 쓰다 보니 자기 아이디어가 아닌 정아의 아이디어라는 생각이 들었지만, 다시 쓰기에는 시간이 부족했다.

늦었다고 생각했을 때가 가장 빠르다는 말처럼 잘못을 처음 느꼈을 때야말로 되돌아가기 가장 좋을 때였다. 그 시기를 놓쳐서 이렇게까지 됐다. 관종 기유라 때문에 일이 커지기도 했지만, 시발점은 자신이었다. 하윰은 다른 누구 탓을 하고 싶지 않았다. 잘못을 바로잡는 것으로 조금이라도 떳떳해지고 싶었다.

학교로 담당자들이 찾아왔다. 정아는 넋이 나가 보였다. 재단 이사장 한 명과 백일장 총괄 담당자 한 명, 심사위원이었던 김성경 작가가 자리했다.

정아와 하윰도 나란히 앉았다.

"표절이 맞다고요?"

담당자가 다시 확인했다.

하윰이 고개를 끄덕였다. 그때 김성경 작가가 손을 들었다.

"이런 건 옳지 않다고 생각해요."

이렇게 운을 떼고 작가는 테이블에 놓인 커피 잔을 들었다. 한 모금 마실 줄 알았는데 물 마시듯 벌컥벌컥 마시는 모습이 낯설게만 느껴졌다.

"제가 강사로서 수업 내내 어떤 일이 벌어지는지 일일이 확인하지 못한다는 점은 인정합니다. 그런데 저뿐만 아니라 같은 수업을 들었던 학생들이 전부 모를 수 있을까요?"

작가가 한숨을 내쉬었다.

"오늘 이 자리에 오기 전에 그날 수업을 들었던 학생들에게 일일이 확인했어요. 그날 정아와 유미가 바꿔 읽는다는 말을 들은 적이 있는지를요. 그런데 아무도, 단 한 명도 들었다는 학생이 없었어요. 죄책감 때문에 하지도 않은 행동을 할 수는 없어요. 지금 표절을 인정하고 나면 편할 것 같나요? 아뇨, 이건 평생 유미 학생의 발목을 잡을 만한 일이에요. 이런 일에 동참할 수 없습니다. 이건 제 양심의 문제예요."

작가의 표정이 비장해 보였다.

"그러니까 김성경 작가님은 표절이 아니라는 말씀이시죠?"

담당자가 재차 확인했다. 작가가 고개를 끄덕였다.

"네, 맞습니다. 사람을 함부로 평가하는 게 가벼운 행동이라는 건 알지만, 작가의 관점에서 유미의 성격을 분석해 보면 죄책감이 심한 편인 듯해요. 정아가 쓰러진 이유가 자신 때문이라고 생각한 것 같아요. 그런 까닭에, 정아가 거짓말을 했는데도 자신이 감싸 줘야 한다고 생각한 것으로 보입니다."

"맞나요?"

담당자가 하윰에게 다시 물었고 하윰은 가만히 있었다. 난감했다. 김성경 작가가 그런 식으로 생각하리라고는 상상도 하지 못했다. 작가는 진심으로 그렇게 믿는 것 같았다. 그래서 더 무서웠다.

하윰은 용기를 내 고개를 가로저었다.

그때였다.

"맞아요, 그게 맞아요."

정아였다. 하윰이 놀라서 정아를 쳐다봤다.

"그냥 그런 걸로 해 주세요. 더 해명하는 것도 귀찮아요."

그러고는 정아가 하윰을 향해 "너만 믿어 주면 돼."라고 말했다.

관련된 학생 한 명이 표절이 아니라고 인정했기 때문에 진상 조사 위원회는 '표절 아님'으로 결론을 내리려고 했다. 그 순간 하윰은 기유라가 떠올랐다. 얼마나 득의양양할까?

"아니에요, 표절 맞아요. 정말이에요."

당사자 중 한 명은 표절이 아니라고 했고 한 명은 표절이 맞는다고 했다. 보통 상황과 반대라는 점이 아이러니했다. 얘가 내 글을 훔쳤어요, 가 아니라 얘는 내 글을 훔치지 않았어요, 제가 거짓말한 거예요, 이니까.

결국 진상 조사 위원회는 결론을 내지 못하고 끝났다. 그런데 그날 밤 지역 신문 홈페이지에 단신이 실렸다.

표절 결국 사실이 아닌 걸로

제15회 김영란 백일장 대상 당선작이 표절작이라는 논란이 인 가운데 오늘 오후 진상 조사 위원회가 열렸다. 표절 진상 조사 위원회가 당사자를 비롯해 심사위원과 교사, 친구들의 이야기를 종합해 본 결과 표절은 사실이 아닌 것으로 밝혀졌다.

담당자는 분명 결론을 보류했다. 그런데 이 기사는 뭘까? 기자가 추측으로 쓴 걸까? 하윤은 기사를 정아에게 보낼까 고민하다가 말았다. 대신 끄덕쌤에게 얻은 김성경 작가의 번호로 문자 메시지를 보냈다.

> 🔘 하윤 　작가님, 늦은 시간에 죄송합니다. 이 기사 보셨어요?

기사 링크도 남겼다. 시간이 얼마 흐르지 않아 작가에게서 답장이 왔다.

하율 이 기사 사실이에요? 보류 아니었어요?

김성경 친구를 위해 희생하는 게 멋져 보이겠지만, 네 인생에

두고두고 짐이 될 거야. 또한 정아한테도 좋지 않아.

다음에 이런 일이 생기면 또 지금처럼 그럴 거니?

하율 이 기사 사실이에요? 보류 아니었어요?

김성경 관련자들 모두, 심지어 당사자 중 한 명까지도 표절이 사실이

아니라고 하잖아. 그럼 결론이 뭐겠어? 나는 솔직히 정아보다

너한테 더 화가 나. 왜 자기 글을 소중하게 생각하지 않는

거야? 작가에게 글은 목숨 같은 거잖아. 너는 스스로 작가라고

생각하지 않는 거야? 그러니 자기 글을 함부로 해도 된다고

생각하는 거야?

하율 작가님, 그게 아니라 정말 제가 정아의 글을…….

하율은 여기까지 썼다가 지웠다.

중학교 2학년 때 유니콘이 진짜 있다고 믿는 아이가 있었다.
유니콘은 상상 속의 동물이라고 아무리 말해 줘도 직접 봤다고
했다. 어디서 봤는지 물었더니 가족들과 설악산을 오르다가 봤
다고 했다.

그때 그 아이의 눈빛에서 진심을 느꼈다. 그 아이는 진심으로
유니콘을 '봤'다고 믿고 있었다. 진심과 진실, 믿음은 어렵고 복

잡했다.

김성경 작가도 자신은 진실을 안다고 믿고 있었다. 설득할 자신이 없었다. 그래, 대학 갈 때 수시에 쓰고 좋잖아, 라고 생각하고 싶었다. 그러나 이젠 대학이 문제가 아니었다.

당사자가 표절이라고 하는데도 아니라고 믿는 사람들 때문에, 그들이 악의가 있어서가 아니라 정말 '믿기 때문에 믿는' 것이기 때문에, 결코 이전으로 돌아갈 수 없었다.

* * *

yumvely　⋮

기사 올려요. 역시나 표절 아니라고 나왔네요? 그동안 제가 거짓말한다고 몰아붙인 사람들은 사과나 하려나 모르겠어요. 친구 다이어리 훔쳤던 것도, 표절 아닌데 자기 글 표절했다고 우긴 것도, 다 제 말이 맞죠? 사실 제보 받은 글 중에 걔가 친구 지갑 훔친 이야기도 있었는데, 이건 그만 말할게요. 어차피 걔가 거짓말쟁이인 거 다 밝혀진 마당에 제가 또 밝혀서 뭐 하겠어요. 다만 또 거짓말을 할 때는 당당히 오픈하겠습니다.

참, 인친님들 중에 다이어트하고 계신 분들 많죠? 먹으면서 하자고요. 먹으면 살 빠지는 다이어트 보조 식품, 이번 주 안에 가져올게요. 당연히 최저가로요. 아시는 분들은 아시겠지만 아빠가 아픈 뒤로 제가 생활비를 벌고 있어요. 사업자 명의 당연히 있고요. 부모님 동의도 얻었고요.

#진실은언젠가밝혀진다 #공구 #다이어트보조제

점심쯤이었을까. 기유라 글이 또 올라왔다. 김성경 작가가 스스로 진실이라고 믿는 대로 행동하는 것과 기유라는 달랐다. 스스로를 속이는 것처럼 보였다.

"어제 왜 거짓말했어?"

하윰이 정아에게 물었다. 어젯밤에 이야기를 나눠야 했지만 험한 말이 나올 것 같아 참았다. 하윰이 시작한 거짓말이었다. 바로잡고 싶었는데, 계속 꼬였다. 정아의 거짓말로 인해 돌아올 수 없는 강을 건넌 기분이었다.

"진짜 지겨워. 이제 그만했으면 좋겠어."

정아가 미간을 찌푸리며 말했다.

"네가 그만하자고 하면 그만둘 수 있는 거야? 벌써 얘가 글 싸지르기 시작했잖아."

하윰이 정아에게 휴대폰을 내밀었다. 정아가 고개를 저으면서 "이제 나한테 이런 거 보여 주지 마. 인스타그램 앱도 삭제했어. 리라한테도 대응하지 말라고 했고." 했다. 정아가 한숨을 내쉬곤 이어 말했다.

"솔직히 처음엔 원망도 했지만 지금은 그런 마음도 없어. 잊고 싶어. 무사히 학교만 마치고 싶다고."

정아에게서 세상의 온갖 일을 다 겪은 노인의 표정이 보였다. 하윰은 입을 다물었다. 귀 닫고 입 닫고 시간이 지나가기만을 기다리자는 정아의 말을 따르는 것 말고는 다른 뾰족한 수가 보이지 않았다.

며칠은 아무 일 없이 지나갔다. 그러나 하윰의 반뿐만 아니라 학년 전체에 소문이 나기까지는 얼마 걸리지 않았다. 정아가 허언증이라는 소문이 돌았다. 정아가 지나가면 아이들이 쑥덕거렸다.

기유라는 기세등등해졌다.

자신만 옳다는 세계에 갇힌 것처럼 보였다. 어쩌면 그 세계에서 정아와 하윰 그리고 몇몇 아이들만 빠져 있는지도 몰랐다. 다수가 속해 있는 세계가 무조건 더 옳은 걸까?

정아가 자신에게 일어나는 일을 회피하는 동안, 하윰은 주변을 차분히 관찰했다. 엄마와 남동생의 세계에서 벗어나기만을 바라며 가만히 있을 때와는 달랐다. 회피하지 않았다. 만약 자신이 순수한 피해자였다면 평소처럼 회피했을 것이다. 그러나 이번엔 바로 자신이 일을 키운 장본인이었다. 회피하면 정아만 피해를 입으니까. 자기 때문에 다른 사람이 돌을 맞고 있는데 모른 척하는 건 자기가 돌을 맞는 것만큼 견디기 힘든 일이다.

> **하윰** 리라야, 나 유미야.

리라와는 그날 이후로 서로의 인스타그램에 좋아요를 눌러 주거나 댓글을 다는 식으로 연락을 해 왔다. 개인 카톡은 처음이었다.

> **하윰** 뭐 좀 물어봐도 돼?
> **리라** 응, 당연하지. 정아는 어때?
> **하윰** 무슨 생각인지 모르겠어. 물어보면 무조건 괜찮대.
> 애들이 자꾸 수군대고 심지어 다른 반 애들까지 와서 구경하고 가는데 설마 괜찮겠어?
> 그래서 네 도움이 필요해. 기유라 막을 방법 없을까?
> 정아가 지갑 훔쳐 갔다는 말도 뻥 같은데 그걸로 기유라 거짓말 밝히는 건?

리라 　개 진짜 뭐냐.

　　공구 하려고 이용하는 거잖아.

　　이슈 몰이 해서 돈 벌려고.

하윤 　사람들은 그걸 모르니까.

　　지갑 사건 네가 좀 알아봐 줄 수 있어?

　　중학교 내내 친했다고 했잖아.

리라 　한번 알아볼게.

하윤 　나도 표절 증명할 수 있는 방법 찾아보려고.

　　솔직히 불가능할 것 같지만. 답답해.

하윤은 곧장 혜지와 청하를 톡방으로 불렀다. 그나마 정아에게 우호적인 아이들이었다.

청하 　뭐야? 이 단톡방은?

리라 　정정아 살리기 비상 대책 위원회.

청하 　비상 대책 위원회? 뭔가 멋지다. 나 회장 시켜 줘.

　　감투 좀 써 보자. 나, 권력 좋아하거든.

혜지 　ㅋㅋㅋㅋㅋㅋㅋㅋ

청하 　기유라가 거짓말을 한다는 걸 밝히려면 어떡해야 하지?

　　방어만 하면 안 될 것 같아.

우선 리라한테 지갑 사건 알아봐 달라고 하긴 했어.

혜지 나 기유라에 대해서 좀 안 좋은 얘기 들었는데.

지금까지 'ㅋㅋㅋㅋㅋㅋㅋ' 외에 한마디도 하지 않던 혜지가 글을 남겼다.

하율 뭐?

솔깃했다. 연예인 가십 듣는 기분이었다.

혜지 걔가 아빠 아파서 병원비 벌어야 한다고 공구 시작했잖아.

근데 그거 뻥이래. 걔네 아빠 회사 다닌다는데?

하율 진짜야?

혜지 몰라. 저번에 누가 '우리 아빠가 너네 아빠랑

같은 회사 다니는데 왜 자꾸 아빠 아프다고 거짓말해?'라는

식으로 댓글 남겼어.

캡처하려다 못 했는데.

청하 아쉽.

혜지 근데 걔가 차단당할 때마다

매번 새로 아이디 파서 다시 오는 것 같거든?

또 왔냐? 이런 대댓글 봤어.

내가 기유라 인스타그램에 상주해 있다가

그런 댓글 달리면 바로 캡처할게.

(하윰) 근데 그게 진짜일까?

누가 기유라 돈 많이 버는 거 샘나서 그러는 걸 수도 있잖아.

몇 분간 단톡방이 조용했다.

(혜지) 내가 정아 문제 제일 먼저 애들한테 알린 건 알고 있지?

기유라 글이 거짓말일 수도 있다는 생각 자체를 못 했어.

세뇌당한 건지는 몰라도.

나중에야 거짓말일 수도 있다는 생각이 들었어,

정아 반응 보고 나서.

그 글 캡처해서 올리면

기유라 말을 무조건 믿는 애들도 있겠지만

분명히 무조건 욕하는 애들로 나뉠 거야.

그것만으로도 효과는 충분해.

무서운 말이었다.
진실인지 거짓인지 알 수 없는 글로도 효과는 충분하다는 그

말이.

소문은 빠르고 진실이 밝혀지기까지 시간은 너무 길다. 불행히도, 대부분 사람들은 인내심이 없었다.

청하 나는 솔직히 잘 모르겠어.

청하가 잠깐 뜸을 들이다 다시 메시지를 보냈다.

청하 그날 같은 교실에 있었잖아.
심지어 나는 너랑 정아 앞에 앉아 있었고.
그런데 그런 일이 일어난다는 사실조차 인지 못 했어.
지금도 너랑 정아가 거짓말을 할 리 없다고 생각하면서도
한편으로는 둘이 착각하는 게 아닐까? 싶기도 해.

진실과 거짓말. 청하의 혼란스러움이 하윰에게까지 전해졌다.

하윰 우선 우리가 할 일을 해 보자.

단톡방에서 나와 지금까지 일어난 일을 곰곰이 되짚어 봤다. 하윰은 애초에 바꿔 읽지 않았으면 좋았겠다는 생각부터, 백일

장에 나가지 말았어야 했다는 생각, 엄마와 동생에게서 벗어나고 싶은 마음이 너무 앞섰던 것에 대한 원망까지 생겨났다.

어차피 일어난 일, 수습하는 길밖에 없었다.

* * *

 rira

안녕하세요? 오랜만에 글 남겨요. 기유라가 마치 정아가 지갑을 훔친 것처럼 글을 올렸는데 이는 사실이 아닙니다. 제가 중학교 3년 동안 친하게 지냈는데 그런 일은 절대 없었습니다.

저에게 기유라 관련 제보가 들어왔어요.

기유라가 광고와 공구를 하는 이유를 아빠의 병원비 때문이라고 했죠? 과연 사실일까요?

#선동제발그만해 #너는깨끗해?

정아는 점점 말이 없어졌다. 하윰이 옆에서 보기에 도대체 무슨 생각을 하는지도 모르겠다.

"떡볶이 먹으러 갈래? 내가 쏠게." "영화 보러 가자." 이런 이야기만 했다. 기유라의 기, 자만 꺼내도 정아는 고개를 절레절레

저었다. 감기에 걸리면 콧물이 나고 기침을 해서 알 수 있지만, 마음이 다치면 눈으로 확인할 수가 없다.

"괜찮아?"

하윰이 물으면 애써 화제를 돌렸다.

"후추 떡볶이 먹어 본 적 있어? 존맛이래. 해 먹을까?"

"오늘 기유라가……."

"핫도그 떡볶이는? 핫도그는 케첩이 아니라 겨자 소스에 발라 먹을 때 제일 맛있어."

이런 식이었다.

직면과 회피 중에 고통을 줄이는 데 뭐가 나은지 모르겠다고 생각하는 순간, 연주가 입을 열었다. 체육 시간을 앞두고 있었다.

"다들 지갑 잘 챙겨."

당연히 정아를 두고 한 소리였다.

"무슨 뜻이야?"

하윰이 물었더니 연주가 어깨를 으쓱하며 "말 그대로야. 지갑 조심하라고."라고 했다.

"그 얘길 왜 지금 하는데?"

"뭐가? 자격지심 있어? 그냥 하는 말이잖아. 조심하는 게 뭐가 나빠?"

"그냥 하는 말이라고? 자격지심이라고?"

하윰이 따지는 사이, 정아가 자리에서 일어섰다. 정아가 교실을 나가자마자 하윰이 연주에게 말했다.

"너 초등학교 때 친구 체육복 훔쳤다는데 진짜야?"

"무슨 말도 안 되는 소리야!"

"그럼 네 말은 말이 되고? 너도 증거 하나 없이 한 번도 본 적 없는 인플루언서 말만 믿고 도둑이라고 밀어붙이는 거잖아."

연주가 잠시 멈칫하다가 "그래서 걔가 거짓말한 적 있어? 다이어리 훔친 것도 첨엔 아니라더니 맞았고, 표절 얘기도 걔 말이 맞았잖아."라고 했다.

"걔 말이 맞았다고 누가 그래?"

"만약 거짓말이면 정정아가 가만있겠어?"

하윰은 연주를 한껏 노려보고 교실을 나갔다.

정아는 다행히 먼저 체육관에서 몸을 풀고 있었다. "후추 떡볶이는 죽기 전에 꼭 먹어 볼 거야. 진짜로." 이런 말만 하면서.

"부산에 후추 떡볶이 맛집 있대. 거기 가 보자."

"부산까지 가자고?"

하윰이 되물으니 정아가 고개를 끄덕였다.

"바다 보고 싶어. 인천 살 때는 자주 봤는데."

체육 시간 내내 정아는 피구를 지나치게 열심히 했다. 실내 체육관에 아아아아 하는 아이들의 비명인지 환호인지 모를 소리가 울려 퍼졌다.

체육 시간이 끝나고 교실로 들어가는데 복도에서 정아를 두고 소곤거리는 아이들이 눈에 띄었다. 한 사람의 일방적인 주장이 온라인에서 힘을 얻고 오프라인에서 영향력을 행사하는 모습을 직접 목격하는 건 처음이었다.

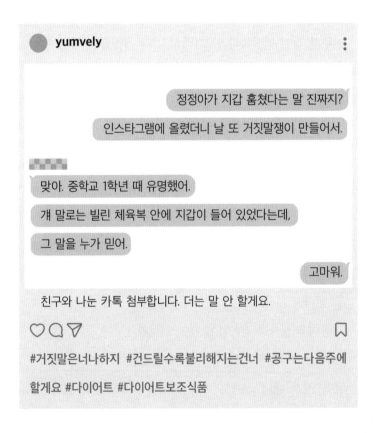

yumvely

정정아가 지갑 훔쳤다는 말 진짜지?

인스타그램에 올렸더니 날 또 거짓말쟁이 만들어서.

맞아. 중학교 1학년 때 유명했어.

걔 말로는 빌린 체육복 안에 지갑이 들어 있었다는데,

그 말을 누가 믿어.

고마워.

친구와 나눈 카톡 첨부합니다. 더는 말 안 할게요.

#거짓말은너나하지 #건드릴수록불리해지는건너 #공구는다음주에할게요 #다이어트 #다이어트보조식품

침대에서 뒹굴거리는데, 기유라가 친구와 나눈 카톡을 캡처해서 올렸다. 친구 이름과 프로필 사진은 모자이크로 처리돼 있었다. 진짜로 친구와 대화를 나눈 건지 주작인지 첨부한 사진만으로는 알 수 없는데도, 역시 그럴 줄 알았다, 라는 댓글이 줄지어 달렸다.

당연히 의심하겠지, 라는 생각은 순진했다.

그때 하윰의 머릿속에 문득 떠오른 생각이 있었다. 가계정! 바로 인스타그램에 접속해서 가계정을 만들었다. 프로필 사진은 기유라네 학교 급식 사진으로 했다. 급식 앱에 접속해서 얻은 사진이다.

– 아빠가 회사원인 거 왜 말 안 했어?

완전 거짓말쟁이네. 동정심 얻어서 물건 팔려고 수 쓰네.

하윰이 가계정으로 댓글을 달았다. 바로 지울 줄 알았는데 다른 일을 하는 중인지 삭제하지 않았다.

– 진짜예요?

누군가 하윰의 댓글에 바로 반응을 했다. 하윰은 기다렸다는 듯 이어서 글을 달았다.

- 네. 저희 아빠가 얘네 아빠랑 같은 회사 다녀요.

- 거짓말.

- 가계정으로 허위 사실 유포하지 마세요.

- 본계정으로 유포하는 건 괜찮고요?

- 회사 이름이 뭔데요?

- 기유라한테 물어보세요. 여기선 유블리라고 해야 하나?

- 님, 거짓말이면 책임질 수 있어요?

- 그것도 유블리한테나 물어보세요. 유블리는 남 깔 때 증거 제시한 적
  있나요? 지가 이름도 모를 친구인지 뭔지랑 나눈 대화가 진짜 증거가
  될 거라고 보세요?

- 유블리님이 거짓말할 이유가 없잖아요.

- 남 깔 때마다 팔로워 올라가고, 팔로워 올라가면 공구 대박 나는데,
  이유야 충분하죠?

- 유블리님 그럴 분 아니에요. 저소득층 여학생들을 위한 생리대 기부
  에도 동참했는데요.

- 저도 적십자에 매달 기부해요.

- 님, 유블리님 부러워서 그러는 거죠? 괜히 말꼬리 잡고 늘어지는 거
  보니 뻔하네.

- 남 까는 걸로 먹고사는 애가 뭐가 부러워요.

이런 댓글이 오가는 중에 댓글이 삭제됐다. 역시나 예상했던 일이기 때문에 신경 쓰진 않았다. 거의 동시에 혜지에게서 카톡이 왔다.

혜지 드디어 잡았어.

하윤 뭘?

혜지가 하윤이 쓴 댓글을 캡처한 사진을 보내 줬다.

혜지 내가 그때 말한 그 댓글 기억하지?

　　　잠복해 있다가 잡았어.

　　　근데 나 꼭 형사 같다 ㅋㅋㅋㅋ

하윤 이거 내가 쓴 거야.

　　　사람들이 익명의 말을 얼마나 믿는지 궁금해서.

혜지 진짜?

하윤 ㅇㅇ

혜지 나도 계정 파서 올렸는데!

혜지가 '유진요'를 검색해 보라고 했다. 클릭하니 프로필에 '기유라에게 진실을 요구합니다.'라고 되어 있었다. 피드에는 하윱이 익명성을 이용해 달았던 댓글을 캡처한 사진이 올라와 있었다. 몇 분 전에 만든 건데 벌써 팔로워가 10명이 넘었다.

> **혜지** 기유라 인스타그램 댓글에 '유진요' 검색해 보세요, 라고 치면
> 사람들이 궁금해서 들어와. 차단되면 또 익명 아이디 만들어서
> 들어가면 돼.
> **하윱** 근데 이렇게까지 해도 될까?

그제야 하윱은 두려워졌다.

> **혜지** 왜 안 돼?
> 얘가 먼저 시작한 건데.
> 당해도 싸.
> **하윱** 그치?
> 나도 아이디 또 만들어서 댓글 달아야지.

혜지는 기유라의 말을 믿었던 만큼 배신감이 큰 것 같았다. 그에 대한 반작용이라고 할까. 정아에 관한 소문을 자기가 제일

먼저 퍼뜨린 것에 대한 죄책감을 기유라를 공격하는 것으로 더
는 듯했다.

하윰은 침대에 누워 눈을 감았다. 그때 알람이 또 울렸다.

혜지 대박이야. 제보 엄청 들어오네.

기유라 아빠랑 따로 산대. 걔네 아빠 재혼했대.

하윰 누구한테?

혜지 모르지. 익명으로 오니까.

하윰 거짓말일 수도 있지 않아?

혜지 누가 이런 걸로 거짓말을 해.

혜지를 말려야 한다는 걸 알면서도 한편으로는 통쾌했다. 이
러고 싶지 않은데, 하면서 하윰은 혜지를 말리지 않았다.

하윰 와, 팔로워가 벌써 1천 명이야.

이런 말만 하고 말았다.

혜지 제보가 계속 쏟아져.

다들 기유라 노리고 있었나 봐.

자업자득, 인과응보. 걔한테 당한 애들이 한둘이 아니잖아.

인과응보?

심판은 누가 하는가.

정아에 대한 심판은 기유라가, 기유라에 대한 심판은 기유라의 말을 곧이곧대로 믿었던 혜지가 하면 되는 건가. 이런 와중에 하윤도 거들고 있었다. 하윤은 자신이 판을 움직이는 책사가된 느낌이었다.

이런 우쭐함 때문에 다들 인민재판에 몰려드는 걸까.

* * *

교실에서는 기유라 인스타그램이 화제였다. 연주는 기유라를 두둔했다. 유블리가 거짓말을 할 리 없다는 거였다. 그때 리라에게서 연락이 왔다.

> 리라 기유라네 가족사진 입수함.
>
> 하윤 진짜? 누가?
>
> 리라 기유라랑 제일 친했다가 기유라가 유명해지면서 팽 당한 애
> 있거든? 걔가 보내 줬어.

아빠가 바람나서 이혼한 거 사실이래.

하윰 진짜야?

리라 진짜야.

그리고 아니면 해명하겠지.

이거 유진요한테 제보하려고. 누가 유진요를 만들었더라고.

하윰 걔 내 친구야.

리라 헐.

하윰 원래 기유라 팬이었는데 정아 일을 계기로 안티 됐어.

리라 대박.

걔 정보력 대단하다.

하윰 근데 그게…….

사실 처음에 가계정으로 댓글 단 건 나야.

리라 뭐?

하윰 내가 한번 떠봤어. 사람들이 설마 믿을까 싶어서.

그냥 가계정이잖아, 아무 정보도 없는.

누군지도 모르는 사람이 한 말을 믿을 거라는 생각 안 했어.

그런데도 믿더라.

나도 당황스러웠어.

시작은 하윰이 했고, 하윰이 낸 소문을 가지고 혜지가 판을 벌였고, 그 판에 리라가 끼어들었다. 그러자 모르는 사람들이 우르르 몰려와서 서로를 향해 돌을 던진다.

> 리라 근데 이 제보는 진짜 같아.
> 절친이었다고 하니까.
> 하윰 절친이었다고 속이는 건 아니고?
> 리라 그런가? 근데 사진은 정말 기유라여서.

스캔들은 스캔들로 묻는다는 말을 들은 적 있다. 정치인에게 큰일이 생기면 유명 연예인 마약 사건이 터지는 것과 비슷하려나. 정아 일을 아무리 해명하려고 해도 먹히지 않았는데, 기유라를 공격하자 정아 이야기가 좀 수그러들었다.

"후추 떡볶이, 청주에도 있대."
정아였다.
하윰은 각오한 듯 눈에 힘을 주고 정아에게 물었다.
"기유라 얘기 한 번만 하면 안 돼?"
정아가 기유라 얘기를 극도로 싫어하는 걸 알아서 함부로 말을 꺼낼 수 없었다.
"아니."

"중요한 얘기야."

하윰의 말에 정아가 볼을 빵빵하게 만들고 눈을 감았다.

"걔가 거짓말쟁이인 거 지금 서서히 밝혀지고 있거든? 그러면 네 억울함도 풀릴 거야."

정아가 볼에서 바람을 빼고 눈을 떴다.

"그게 어떻게 밝혀져?"

"걔, 아빠 병원비 벌어야 한다고 공구 시작했다고 했잖아. 뻥이래."

"진짜야?"

그때 혜지가 하윰과 정아 옆으로 다가왔다.

"기유라 얘기 중이야? 지금 대박 사건 터졌어."

혜지가 휴대폰을 내밀었다.

"가계정이 다섯 개가 넘어. 걔가 공구했던 물건 중에 해외에서 1만 원에 파는 걸 10만 원에 판 게 있다나 봐. 열 배를 뻥튀기했어. 간도 커. 그것부터 해서 얘는 인생이 다 거짓말이네."

"그건 누가 만든 거야?"

하윰이 물었다.

"모르지."

혜지가 당연하다는 듯이 말했다. 시작은 알 수 있지만 끝은 알 수 없는 게임을 하는 기분이었다. 그래, 미로 같았다.

"가계정도 늘어나고, 내가 만든 가계정 팔로워도 확 늘었어. 애는 행실을 이따위로 해 놓고 정아한테 그런 거야? 웃기네. 지는 안 들킬 줄 알았나 봐."

혜지는 상기돼 있었다.

신난 것처럼 보였다. 누군가에게 돌을 던지는 일은, 재미있는 스포츠처럼 느껴졌다. 단, 자신이 경기장 안에 들어갈 일이 없다고 여길 때만. 그러나 누구든 뒷덜미를 잡혀 경기장 안에 내팽개쳐질 수 있다는 걸, 당하기 전까지는 모른다.

> **yumvely** ⋮
>
> 변호사님과 상담하느라 조금 늦어졌습니다.
>
> 최근 저에 대한 확인되지 않은 소문이 여기저기 퍼져 가는 거 알고 있습니다. 누가 퍼뜨리고 있는지도 짐작하고 있고요. 지금 아빠가 병원에서 퇴원한 건 맞아요. 근데 아프다고 해서 모두 병원에 입원해 있는 건 아니잖아요? 원래 많은 환자들이 365일 병원에 있는 게 아니라 입퇴원을 반복합니다.
>
> 그리고 아빠랑 같이 안 사는 건 아니고, 같이 살기도 하고 안 살기도 해요. 이건 저의 슬픈 가정사니까 따로 말씀 안 드릴게요. 다만 아빠 병원비를 제가 내는 건 맞아요.
>
> 정정아가 이 일을 꾸몄다는 제보를 받았어요.

그 점은 차근차근 밝혀 나가겠습니다.

♡ ◯ ▽   ⬚

#지가도둑이라고남까지도둑으로몰아 #끝까지가보자 #진실 #결백

댓글은 보기조차 민망했다. 며칠 전까지 유블리님, 유짱, 유라 님 등으로 부르던 사람들이 와 속았네, 양파네, 공구한 상품 쓰고 트러블 났으니 보상하라 등의 댓글을 달았다. 물론 좀 더 지켜보자는 사람도 있었다. 한국인의 국민성에 환멸 난다는 사람이나, 외국에서 한국을 냄비 민족이라고 부르는 사실을 아느냐고 일침을 놓는 사람들까지 다양했다.

다들 자기만의 방식으로 이 사태를 평가했다. 기유라의 신뢰성이 떨어지면 정아의 명예가 자연스레 회복될 거라 믿었는데, 순진한 생각이었다. 세상은 그렇게 단순하지 않았다. 사람들은 기유라도 욕하고 정아도 욕했다. 세상에 꼭 필요한 존재가 있다면, 그건 바로 욕받이였으니까.

"유미야! 하유미!"

멀리서 청하가 소리 지르며 다가왔다.

"찾았어!"

청하가 가쁜 숨을 내쉬었다.

"뭘?"

청하가 내민 쪽지를 봤다.

그날, 그러니까 나중에 표절 사건이 일어날 빌미를 제공한 그날, 정아가 CA 시간에 쓴 글이었다. 정아 글씨체가 고스란히 남아 있었다.

"그날 발표하고 너네가 그냥 가서 내가 내 가방에 막 쑤셔 넣었나 봐. 가방 정리하다가 발견했어."

청하가 눈물을 글썽였다. 청하가 내민 쪽지는 그날 쓴 글이었다. 노트를 쭉 찢어서 서로 바꿔 읽었다. 그 종이를 어떻게 했는지 기억도 하지 못했는데, 청하가 가져간 거다. 분명 하윰과 정아의 글씨체였다.

"못 믿어서 미안해."

이거면 정아의 결백이 밝혀질 것이다. 그럼 장관상은 정말 취소되는 걸까? 시끄럽고 복잡한 이 와중에 그런 생각을 하는 자신이 싫었지만, 그래도 안도감이 더 컸다. 한번 거짓말을 내뱉고 나면 돌이키기가 얼마나 힘든지 배운 시간이었다.

"정아야, 미안해."

하윰이 정아를 향해 몸을 돌렸다.

"나 때문에……."

하윰이 고개를 푹 수그리자 정아가 괜찮다며 손을 내저었다.

"내가 너라면 어땠을까? 처음엔 거짓말을 했지만, 나중엔 네 거짓말을 모두 믿어 줬잖아. 거기에 대고 거짓말이었다고 말할 수 있었을까? 그런 상상을 몇 번 해 봤어. 나는 너처럼 솔직하게 밝히지 못했을 것 같아. 이건 진심이야."

정아의 말에 하윰은 더 부끄러워졌다.

다시는 친구를 배신하지 않을 것이다.

친구를 배신하는 행위는 궁극적으로 자신을 배신하는 것과 같았다. 자기 자신을 배신하고 나면 남는 건 모멸감밖에 없다.

3

**믿음의
무게**

인터넷 뉴스와 지역 커뮤니티, 유튜브에서도 기유라 이야기를 다루기 시작하자 파급 효과가 어마어마했다. 기유라의 어린 시절 이야기까지 나왔고, 기유라를 모르던 사람들까지 기유라를 알게 됐다. 유명해서 사건이 터지기도 하지만 사건이 터져서 유명해지기도 한다.

기유라가 인스타그램에서 유명하긴 했지만, 그야말로 우물 안 개구리였다. 인스타그램을 하지 않는 사람들에게도 기유라의 이름이 가닿았다.

유명세란 무서웠다. 기유라의 초·중 시절 친구들의 폭로가 이어졌다. 한두 명이 아니어서 막을 수가 없었다.

죄송합니다.

아빠와는 다섯 살 때 헤어졌습니다. 엄마 말로는 아빠가 바람 피운 거라고 했어요. 엄마가 식당에서 설거지하고 남의 집에서 살림하면서 생계를 꾸려 가셨습니다. 그러다 제가 SNS에서 인지도가 높아지면서 광고 제의가 왔고 어쩌다 보니 공구까지 하게 됐습니다.

나이도 어린데 돈만 밝힌다고 자꾸 공격해서 저도 모르게 거짓말을 하게 됐습니다. 아빠 때문에 돈을 벌어야 하는 건 맞아서, 아빠 핑계를 대고 싶었던 건지도 몰라요.

앞으로 절대 거짓말하지 않겠습니다.

더 이상 공격은 하지 말아 주세요.

엄마가 충격 받아 쓰러지셨어요.

부탁드려요.

며칠 지나지 않아, 기유라는 인스타그램에 친필 사과문을 올렸다. 댓글에는 욕과 응원이 반반이었다. 욕을 하는 사람뿐만 아니라 응원하는 사람들 중에도 기유라를 제대로 아는 사람이 얼마나 있을까. 사람들은 아무것도 모른 채 타인에 대해 얼마나 함부로 재단하며 살아가는가.

그러나 기유라는 끝내 정아에겐 사과 한마디 없었다. 안쓰럽기보다는 괘씸했다. 장 여사가 드라마를 보면서 괘씸해, 괘씸해, 말할 때 괘씸한 게 뭘까 궁금했는데 지금 정아 마음이 딱 그랬다. 남 욕해서 인기 얻으려다 자기가 수렁에 빠진 기분이 어떠냐고 묻고 싶었다.

기유라는 이 수렁에서 빠져나올 수 있을까? 이런 수렁에서 빠져나오는 사람을 본 적이 없다. 연예인이든 일반인이든.

정아는 용기를 내서 기유라에게 디엠을 보냈다. 물어볼 게 있었다. 지갑 도둑 이야기. 그 사실을 제보한 아이와 만나야 했다.

> 정아 나 J야. 정정아.
>
> 물어볼 게 있어. 화내려는 거 아니야. 연락 줘. 내 번호 남길게.

* * *

"기유라 얘기 봤어? 걔, 허언증에 리플리 증후군인가 봐."

연주였다. 앞장서서 정아를 괴롭히던 아이. 선동의 피해자이자 가해자.

혜지가 정아 편으로 돌아서고 나서도 끝까지 기유라 편을 들었던 아이. 자기한테는 누군가를 맘대로 평가할 자격이 있다고 믿었던 아이. 그런데 이제는 기유라를 욕한다. 변한 게 아니다. 일관성 있는 행동이다.

"언제는 편들더니."

혜지가 말했다.

"너도 처음엔 믿었잖아."

정아가 혜지를 향해 고개를 저었다. 더는 싸우지 않았으면 했다.

"대박! 기유라 입원했대. 근데 왠지 주작 같아."

연주가 호들갑을 떨었다.

기유라 인스타그램에 들어가 보니 병원 입원실에 누워 링거를 맞는 모습이 올라와 있었다. 사진은 누가 찍어 줬을까 하는 의문이 먼저 들었고, 그다음에는 베개 커버에 적힌 '인천마음한방병원'이라는 글자가 눈에 들어왔다.

 yumvely   ⋮

유라 엄마입니다.

유라가 지금 극심한 스트레스로 쓰러져 병원에 입원했습니다.

더 이상의 악플이나 근거 없는 추측은 삼가 주세요. 이러다 저희 딸 정말 죽어요.

"기유라 엄마 지금 외국에 있다고 하지 않았어? 한 달 전인
가, 엄마가 이모 만나러 필리핀에 간다면서 몇 달 있다 올 거라
고. 몇 년 만의 해외여행인지 모르겠다고 용돈 두둑이 드렸다는
글 올렸잖아. 찾아보면 나올 텐데. 설마 그것도 거짓말은 아니
겠지?"

혜지 말대로 거짓말하지 말라는 댓글이 대부분이었다.

이러면 용서해 줄 줄 알았느냐는 말도 있었다.

정아는 결심을 굳혔다.

* * *

학교 수업이 끝나자마자 터미널로 갔다. 인천마음한방병원은
정아도 아는 곳이었다. 인천에서 열여섯 해를 살았으니 모르는
곳보다 아는 곳이 더 많다. 퇴원했을 수도 있지만 가능하면 만
나고 싶었다. 따지고 싶은 게 아니라 왜 그렇게까지 했는지, 정아
는 기유라에게 직접 물어보고 싶었다.

버스를 타고 아줌마에게 전화를 걸었다.

엄마, 라고 생각하면 불편하지만 친한 어른이라고 생각하면
괜찮았다. 아니, 좋았다. 아빠가 정아의 문제를 회피하는 동안에
도 아줌마는 직시했다. (아줌마도 문제가 생기면 회피하는 성격이

라고 한 걸 기억한다. 아줌마는 노력하고 있다.) 그래서 오해도 하고 싸우기도 했다. 아빠하고는 싸운 적이 없다.

아줌마는 신호음이 끊기기 직전에야 전화를 받았다.

"일하고 계시죠? 저 지금 인천 가요."

허억, 같은 소리가 들렸다.

"가출 아니고요."

"그 말부터 했으면 좋았을걸."

아줌마의 말에 정아가 피식 웃었다.

"기유라 아세요? 제 사건 인스타에 퍼뜨렸던."

"알지. 왜? 만나재?"

"아뇨. 걔가 지금 입원했다는데, 물어볼 게 있어서 찾아가 보려고요."

"입원? 그게 다 무슨 소리야?"

"그리고요."

심호흡을 했다.

"제가요, 잘못한 것도 있거든요."

전화기 너머로 한숨 쉬는 소리가 들렸다.

"저녁 같이 먹자. 자고 가. 내일 토요일이잖아."

"아줌마, 우리가 만약에 이렇게 안 만났으면 좋은 친구가 됐을 것 같아요."

아줌마는 한동안 말이 없었다.

전화를 끊으려고 하는데 아줌마가 "얘가, 잘해 줬더니 친구 먹으려고 하네. 나는 지금이 딱 좋아. 친구 싫어."라고 했다. 아줌마는 이런 말들을 어떻게 삼키고 살았을까. 서로를 알기 전, 정아와 아줌마는 서로를 너무 배려했다.

"이따 전화 드릴게요."

정아는 전화를 끊고 하윰과 청하, 혜지를 단톡방에 초대했다.

> 정아 학원이야?
>
> 청하 너 빼고 후추 떡볶이 먹는 중. 유미가 끌고 왔어.
>
> 하윰 후추 떡볶이 노래를 부르더니, 넌 어디야?
>
> 정아 나 지금 인천 가는 길이야. 기유라 만나러.

단톡방에 잠시 침묵이 흘렀다. 아이들의 표정이 눈에 보이는 듯했다. 하윰은 연기 못 하는 배우처럼 눈을 동그랗게 뜰 테고, 청하는 눈을 게슴츠레 뜬 채로 입을 쭉 내밀 테고, 혜지는······ 아직 잘 몰랐다. 이번 일이 해결되면, 아니 해결되는 것과 상관없이 앞으로 혜지라는 아이를 알아 가고 싶다.

> 정아 따지러 가는 거 아니야. 걱정 마.

하율 야, 미친년은 상대하는 거 아니야.

말이 통해야 대화도 하는 거지.

청하 뭘 물어볼 건데?

정아 고백할 게 있어.

정아는 기유라가 올린 다이어리 도둑 사건이나 표절 사건을 접했을 때 화가 나는 동시에 무기력해졌다. 진실이 아니었으니까. 그러나 지갑 도둑 사건 피드를 보고는 머리카락이 쭈뼛 서는 기분이었다.

중학교 1학년 여름이었다. 정아는 옆 반 친구 영은이에게 체육복을 빌렸다. 체육복을 갈아입고 주머니에 손을 집어넣는데 지갑이 떨어졌다. 무심코 집어 올려 봤더니 아이돌 포토 카드가 들어 있었다. 정아가 처음 좋아한 아이돌이었다. 물론 이내 시들해졌지만 그때는 제법 열정적이었다. 한정판으로 나온 거라 갖고 싶었다. 일단 지갑을 서랍에 넣었다. 포토 카드만 빼고 체육복에 넣어서 돌려줄 생각이었다. 체육 수업이 끝나고 오자마자 영은이가 재촉하는 바람에 포토 카드를 뺄 새가 없었다. 우선 그 자리에서 체육복만 벗어서 돌려줬다.

지갑은 따로 돌려줘야지, 했는데 다음 쉬는 시간에 영은이가 찾아왔다.

"내 지갑 혹시……." 하고 말하다가 정아의 서랍에서 자기 지갑을 발견했다. 영은이가 서랍에서 지갑을 꺼내며 "가져갔어?"라고 물었다.

"체육복 주머니에 들어 있었어. 갖다주려고 했어."

영은이가 지갑을 확인하다가 "근데 포토 카드가 없네."라고 했다.

"네가 가져갔어?"

영은이가 물었다. 정아가 고개를 저었다.

"아니, 아닌데."

"포토 카드 못 봤어?"

영은이가 또 물었다. 포토 카드는 정아의 교복 치마 주머니에 들어 있었다. 정아는 이번에도 고개를 저었다.

"못 봤어."

"분명히 지갑에 넣어 뒀는데."

영은이가 의심하는 눈초리로 정아를 바라봤다.

"너 설마, 정아가 거짓말한다는 거야?"

리라였던 걸로 기억한다. 이 말의 파장이 얼마나 컸는지는 그땐 알지 못했다. 시간이 흐른 뒤에 알게 되는 일도 있는 법이니까. 자신이 당하고서야 말이다.

곧이어 다른 애들도 한마디씩 거들었다.

"웃긴다. 잘 알지도 못하면서, 왜 애를 도둑으로 몰아."

"그래도 친구 사이인데 너무한다."

"생사람 잡는 거 봐."

이런 말들이 오갔다. 왜 그런 상황이 펼쳐졌는지는 아직도 모른다.

여론은 무섭다. 인간은 이성적인 존재일까? 여론이 여론을 만든다. 강아지를 보고 다수의 사람이(혹은 처음 말한 사람이? 혹은 목소리 큰 사람이?) 고양이라고 하면 다들 자기 생각을 의심한다. 고양이인가? 내가 착각했나? 하고.

리라가 영은이를 이상한 사람 취급하자 다른 애들도 동조했다. 리라가 정아가 아닌 영은이 편에 섰다면 이후 여론이 달라졌을 것이다. 영은이는 우물쭈물하다가 교실로 돌아갔다. 그리고 얼마 후에 전학을 갔다. 까마득히 잊고 있었다.

얼마나 사무쳤으면 기유라에게 제보를 했을까. 별일 아니라고 생각했는데 그건 해를 가한 사람이 할 말이 아니었다. 자기가 기유라에게 당하고 나서야 영은이의 마음을 이해할 수 있었다. 영은이가 제보했는지 영은이의 친구가 제보했는지는 모르지만, 제보한 사람의 연락처를 받아야만 한다.

그게 기유라를 만나려는 첫 번째 이유였다.

두 번째 이유는, 모르겠다. 만나고 싶었다.

최대한 자연스럽게 물었다. 유라 병실 좀 알려 주세요, 라고. 누구 봐도 친구로 보이도록. 그러나 말이 끝나기도 전에 간호사들끼리 눈짓을 주고받았다.

"퇴원했어요."

정아 말고도 묻는 사람들이 많았던 모양이었다. 애초에 만날 수 없을 수도 있다고 예상해서 실망하지 않았다.

누가 그렇게 찾아온 걸까.

입원한 지 하루도 채 되지 않은 것 같은데 급하게 옮겨야 할 만큼 시달린 걸까. 기유라는 분명 정아에게 잘못을 했다. 아마 정아 말고도 다른 피해자들도 있을 것이다. 그러나 그에 대한 복수나 응징을 익명의 대중이 한다고 생각하면 무서웠다.

당해 봤으니까…….

혜지로부터 시작된 비난이 연주를 거쳐 반 애들에게 퍼져 나가기까지 얼마 걸리지 않았다. 증거가 없는데도. 그저 누군가의 말만 있었을 뿐이다.

아줌마와는 집 근처 중국집에서 만났다. 뭐 먹고 싶으냐는 말에 정아가 후추 떡볶이라고 했더니 농담인 줄 아는지 웃기만 했

다. 정아도 후추 떡볶이를 어디에서 파는지 몰라 전학 가기 전에
아빠, 아줌마, 정아, 셋이 종종 갔던 중국집 이름을 댔다.

"탕수육?"

아줌마가 정아 식성을 기억하고 물었다. 정아는 고개를 저으
면서 "양장피요." 했다. 양장피는 장 여사 때문에 먹게 됐다. 중
국 음식을 배달시킬 때면 양장피 중간 사이즈랑 볶음밥을 주문
했다. 겨자 맛이 강해서 처음엔 거부감이 들었는데 먹다 보니
정아도 점점 겨자를 많이 뿌리게 됐다.

"식사는?"

"볶음밥요."

아줌마가 종업원에게 양장피와 볶음밥 그리고 맥주를 주문
했다.

"맥주 마셔도 괜찮지?"

정아가 고개를 끄덕였다. 나중에 자기도 식사하면서 맥주를
마시는 어른이 되고 싶었다.

"못 만났어요."

"꼭 만나야 해?"

"걔는 못 만나도 꼭 만나야 하는 애가 있어요."

"이유 물어봐도 돼?"

옆 테이블에 김이 모락모락 나는 탕수육이 올려졌다. 그걸 보

자 탕수육도 먹고 싶어졌다. 정아가 좋아하는 투명한 소스였다.

"탕수육도 시킬까?"

"많지 않을까요?"

"남으면 포장해 가면 되지. 네 아빠 좋아하잖아."

"아빤 뭐든 좋다고 하잖아요. 그거 귀찮아서 그런 거예요. 싫다고 하면 왜냐고 물어볼까 봐. 우리 아빠랑 왜 결혼했어요?"

"속아서 했지, 제정신에 했겠어? 넌 속지 마. 절대 속지 마."

피식 웃음이 새어 나왔다.

아줌마와 다툰 이후로 친해진 느낌이었다. 서로를 향해 의심의 칼날을 겨누고 있다가 서로의 칼이 별 볼 일 없다는 걸 확인하고 나자 긴장감이 누그러졌다. 하윤하고도, 청하고도, 혜지하고도 그랬다. 물론, 언제든 다시 서로에게 칼날을 겨눌 수도 있지만 그건 나중 일이다.

"아빠 욕해서 기분 나빠?"

딴생각에 빠져 있는 걸 또 오해한 모양이었다.

"욕 안 하면 더 기분 나빠요."

양장피가 먼저 나왔다. 정아가 겨자를 듬뿍 뿌리자 아줌마가 "그만." 하고 말했다.

"겨자 좋아하지 않으세요?"

"좋아하지만, 나한테 너무 맞춰 주지 말라고."

아줌마가 멋쩍게 웃었다. 정아는 겨자 소스를 다 뿌렸다. 이어서 탕수육과 볶음밥이 나왔다. 배가 찢어질 것 같다는 생각이 들 때쯤 젓가락을 내려놓았다. 아줌마는 맥주 한 병을 다 마셨다.

"제가 친구 지갑을 훔친 적이 있어요."

정아보다 먼저 젓가락을 내려놓았던 아줌마가 다시 젓가락을 들어 탕수육에 담긴 오이를 집었다.

"사과하고 싶어요."

"표절은?"

"그건 유미가 한 게 맞고요."

"다이어리는?"

"그건 우정 다이어리니까 애초에 제 소유이기도 했고요."

아줌마가 휴, 한숨을 내쉬었다.

"다행이야."

"저 못 믿었죠?"

아줌마가 멈칫하더니 "백 프로 믿기는 힘들잖아." 했다. 아줌마가 "널 믿었어."라고 하지 않아서 다행이었다.

"나도 거짓말 많이 했어. 새벽까지 공부해 놓고는 안 했다고 거짓말하고, 누구 빼놓고 떡볶이 먹으러 가 놓고는 안 그런 척하고. 친구 볼펜 훔친 적도 있고. 물론 나쁜 일이지. 근데 행동 하나하나를 다 평가하고 평가 받으면서 살 수는 없잖아. 다들 잘 못 저지르고 살아."

아줌마가 몇 모금 남지 않은 맥주를 입안에 탈탈 털어 넣고 자리에서 일어났다.

"사과할 때 조심할 점이 있어."

정아는 아줌마를 졸졸 따라갔다.

"사과 안 받아 준다고 원망하지 말 것. 그것만 명심하면 돼."

아줌마와 아파트를 몇 바퀴 돌았다. 아빠 이야기는 나오지 않았다. 아빠를 매개로 만나게 됐는데 둘 다 아빠한테는 관심이 없었다. 아줌마는 영화 칼럼니스트가 되고 싶었다고 했다.

"근데 왜 공무원이 됐어요? 안정적이어서요?"

"글을 못 써서."

낄낄거리며 아줌마를 따라 걸었다. 달빛이 참 좋았다.

"노력하면 잘 쓸 줄 알았는데 계속 못 쓰네. 간절히 하고 싶은데 부모님이 말려서 못 하면 뭔가 낭만이라도 있잖아. 청춘의 비애 같기도 하고. 근데 글을 못 써도 너무 못 쓰니까, 또 그걸 내가 아니까 미치겠는 거야. 그래도 남들한테는 생계 때문에 포기했다고 하긴 해."

칼럼니스트가 되고 싶었지만 글을 너무 못 써서 포기한 사연이 슬프긴 했다. 부모가, 시대가 못 하게 한 게 아니라 못해서 못한 거라니.

"아빠랑 결혼한 거 후회하세요?"

아줌마가 홱 돌아섰다. 엘리베이터 앞이었다.

"나, 네 아빠, 좋아해."

엘리베이터를 타고 올라가면서 사람도 진실도 알 수 없다는 생각을 했다. 노력하는 수밖에. 그 사람에 대해 알려고, 진실을 향해 다가가려고.

다른 방법은 없어 보였다.

* * *

영은이 전화번호는 여전히 휴대폰에 남아 있었다. 번호가 바뀌었을 수도 있고 아닐 수도 있다. 기유라를 통해 연락하는 편이 더 낫겠다고 여겼지만, 이젠 그럴 수가 없어졌다.

정아 나 정정아야.

지웠다.

정아 영은이 맞아? 나 정정아야.

또 지웠다.

정아 　죄송하지만, 영은이 폰 맞나요?

보낼까 말까 고민하다가 보내기를 눌렀다. 자기 이름을 먼저 밝히면 좋지 않을 것 같아서 이름을 뺐다.

영은 　내가 제보한 거 맞아. 일부러 당사자 아닌 척.
　　　왜, 그러면 안 돼?
정아 　나인 줄 어떻게 알았어?

심장이 덜컥 내려앉았다.

영은 　번호 안 지웠으니까.
　　　욕하려고 연락했어?
　　　근데 나 전혀 상관없어. 네가 뭐라고 하든.

작정을 했는지 영은의 문자가 연달아 왔다. 정아가 뭐라고 답을 쓸 새도 없었다.

"정아야, 아빠 오셨어."

아줌마가 불러서 나갔더니, 아빠가 검은 비닐 봉지를 들고 서 있었다.

"갑자기 말도 없이. 어제 말했으면 일찍 왔을 텐데."

그럴까 봐 말 안 했다. 아빠랑 밥 먹기 싫어서. 아빠가 싫은 건 아니지만 아빠랑 시간을 보내는 건 싫다. 그게 싫은 건가? 아빠 랑 함께 있으면 어색하다.

"오다가 사 왔어."

아빠가 내민 비닐 봉지에는 찐빵이 들어 있었다. 그걸 보자 아빠와 함께하는 시간이 왜 어색하고 거북했는지 깨달았다. 아 빠는 상대방이 이걸 좋아할까 생각하는 게 아니라 자기가 좋아 하는 걸 상대방에게 준다.

찐빵은 정아가 아니라 아빠가 좋아하는 음식이었다. 아줌마 는 식당을 정할 때도 정아 의견을 먼저 듣는다. 봉지를 받아들 고 방으로 들어왔다.

영은 내가 없는 말 한 것도 아니잖아.

왜, 이것도 음해야?

너 설마 아직도 그렇게 생각해?

내가 널 모함한 거라고?

영은이에게서 또 문자가 와 있었다.

정아 　미안해.

짧게 써서 보낸 뒤에 바로 추가 문자를 보냈다.

정아 　사과하려고 연락한 거야.

답이 없었다.

찐빵을 한 입 베어 먹다가 갑자기 화가 났다. 방문을 벌컥 열었다. 아빠가 정수기 앞에서 물을 마시고 있었다.

"아빠, 나 찐빵 안 좋아해. 못 먹는 건 아닌데 좋아하지는 않아."

아빠가 엉거주춤한 자세로 멈췄다.

"……좋아하지 않아?"

"네 잘못도 있어."

아줌마가 욕실에서 나오며 말했다.

"네가 싫다는 내색 없이 고맙습니다, 하고 받아먹으니까 좋아하는 줄 아는 거잖아. 앞으로는 싫으면 싫다 정확하게 말해."

아줌마는 할 말을 다 해 놓고 나서 정아 눈치를 살폈다.

"내 말은, 그랬으면 좋겠다는 거야."

"찐빵 싫어해요. 김치만두 좋아하고. 후추 떡볶이랑."

찐빵 가게에서는 김치만두를 같이 팔았다. 아빠가 무심코 찐빵을 사려다가 김치만두를 발견하고 저것도 주세요, 하는 모습을 상상했다. 상대에게 기대가 있다는 건 어쩌면 상대를 좋아한다는 뜻 아닐까.

정아는 방으로 다시 들어왔다.

영은 사과하려고 연락했다고?

나 놀려?

거짓말이지?

너 정정아 맞아?

영은이에게서 문자 여러 개가 한꺼번에 와 있었다.

정아 나 정정아 맞아.

미안해.

사과하고 싶었어.

그때는 그 순간의 위기를 모면하려고 거짓말을 했어.

네가 곤란해진 걸 알았지만

한번 거짓말을 하고 나니까 다시 주워 담기 힘들었어.

애들이 내 거짓말을 아무 의심 없이 믿을 줄 몰랐거든.

내가 당하고 나서야 알았어.

선동이 이렇게 쉽다는 걸.

영은이한테서 문자가 더는 오지 않았다. 비난과 불평보다 사과가 더 아팠을까? 정아는 잠을 이룰 수 없어서 뜬눈으로 밤을 새우다 쪽잠을 잤다.

* * *

10대 유명 인플루언서, 유블리 극단적 시도 한 것으로 알려져

팔로워 20만 명을 넘게 보유한 유명 인플루언서 유블리가 극단적 시도를 한 사실이 알려졌다. 유튜버 잼블리는 유블리가 현재 모 병원 응급실에 입원해 있다는 이야기를 전하며, 그동안 악플로 마음고생한 사실을 밝혔다.

유블리는 자신의 SNS에서 통해 모 중학교 지갑 절도 사건의 진실을 밝힌 뒤 당사자와 주변인들에게 협박을 받은 것으로 알려졌다.

기유라한테 같이 가 볼래?

며칠 지난 후, 영은이한테서 문자가 왔다.

뜬금없지만 반가웠다. 정아는 영은이에게 답장하기 전에 하윰과 청하, 혜지에게 할 말이 있었다. 아이들을 집으로 초대했다. 장 여사는 경로당에 간 참이었다.

정아는 후추 떡볶이를 했다. 간장으로 양념한 다음 후추를 왕창 뿌렸다. 솔직히 맛은 없었다. 그러나 실망하긴 이른 법. 그럴까 봐 치킨과 피자를 주문해 뒀다.

"할 말이 있어."

"치킨 사 주고 피자 사 주고 할 말이 있다? 분명 네가 잘못한 일일 텐데, 뭐 살인만 아니면 돼."

하윰이 말하며 후추 떡볶이에서 떡을 골라 먹고는 두 번 다시 손대지 않았다.

"아니다, 살인은 안 돼. 그건 절대 안 돼. 나, 너 배신할 거야. 당장 경찰서로 달려갈 거야. 그럼 강도는? 아, 아무튼, 폭력은 절대 안 돼. 또 뭐가 있지? 쓰레기 무단 투기? 그래, 그 정도는 괜찮아."

하윰은 긴장하면 말이 많아진다.

"지갑…… 내가 훔친 거 맞아."

정아의 말에 하윰이 피자를 내려놨다. 치킨을 먹던 청하도, 경청하던 혜지도 동작을 멈췄다.

"뭐?"

"진짜야?"

"지갑은, 맞아. 내가 그랬어. 미안해."

기유라가 인스타그램에 다이어리 사건이나 표절 사건에 관해 글을 남겼을 때는 화가 났다. 거짓말이니까. 지갑 사건을 읽고는 상처를 받았다. 사실이었으니까. 상처는 아무나 줄 수 없다.

"바로 말했어야 하는데 용기가 없었어. 그걸 고백하면 다이어리 사건도 표절 사건도 다 내 잘못이라고 몰아갈까 봐 걱정됐어. 기유라 말이 역시 사실이라고 믿을까 봐."

정아가 침을 꼴깍 삼켰다.

"화났지? 미안해. 더 빨리 말했어야 하는데."

하윰은 백일장에서 표절을 했다. 증거가 없는데도 하윰은 자기 잘못을 고백했다. 그런데 정아는 여태껏 피해자인 척했다. 정아는 하윰이 화를 내도 어쩔 수 없다고 생각했다. 실망했을 테니까. 청하와 혜지도.

정아가 앞치마를 벗었다. 아이들이 떠나는 모습을 보느니 먼저 자리를 피하는 게 나았다. 그래야 아이들이 편하게 떠날 수 있으니까.

"실망이다."

하윰이 말했다.

정아가 고개를 끄덕였다.

"후추 떡볶이, 이렇게밖에 못 해? 이게 최선이야?"

"뭐?"

정아가 되묻자 청하가 "나도 정정아한테 진짜 실망했어. 이 정도일 줄은 몰랐어."라고 했고, 혜지는 "이럴 줄 알았으면 연주가 네 욕 할 때 네 편 안 들어 줬다. 후추만 뿌리면 후추 떡볶이야?" 했다.

정아는 어리둥절했다. 역시, 이상한 애들이었다. 입꼬리가 자꾸 올라가고 눈시울이 뜨거워졌다.

"먹지 마, 먹지 마. 뭐야? 거의 다 먹었잖아. 불평할 거면 먹지 말고, 먹었으면 불평하지 마."

정아가 그릇을 빼앗는 시늉을 했다. 청하가 그릇을 빼앗기지 않으려고 힘을 줬다. 청하는 남은 떡볶이를 그릇을 든 채로 입에 욱여넣었다.

"기억할지 모르지만, 나는 표절 이야기 끝까지 안 믿었어. 내가 바로 그 자리에 있었기 때문에 더더욱 믿어지지가 않았어. 나도 모르는 사이에 그런 일이 있었다고? 믿기지도 않고 믿고 싶지도 않았어. 내 가방에서 친필 원고를 보기 전까지는."

청하가 콜라를 마셨다. 꿀꺽꿀꺽 목으로 넘기는 소리가 거실에 울렸다.

"나는 너한테 죄책감이 있었어. 나 때문에 반 애들한테 알려진 거잖아. 나는 누구든 욕하고 싶었던 것 같아. 그런데 네가 눈에 띈 거야. 연주도 아마 그렇지 않았을까? 물론 지금껏 그러는 건 이해 안 되지만."

혜지가 말했다.

인간을 이해하는 건 어렵다. 그런데도 포기하지 않는 이유는, 이해하지 못하면 고통스럽기 때문이다. 고통스러운 것보다는 어려운 걸 이해하려고 노력하는 편이 나았다.

"할 말이 하나 더 있어."

정아가 침을 삼켰다.

"영은이랑 기유라 만나러 가기로 했어."

정아가 말했다.

"기유라를 왜 만나?"

하윰이 되물었다.

"내가 만나고 싶다고 했거든. 꼭 물어보고 싶어. 왜 그렇게까지 했는지. 같이 갈 사람?"

하윰과 청하가 손을 들고 혜지만 남았다.

"나도 끼어도 돼?"

정아와 청하, 하윰이 동시에 고개를 끄덕였다.

* * *

이른 아침이라 터미널에는 사람이 드물었다. 하윰이 터미널에 제일 먼저 도착해 있었다. 그다음으로 정아와 청하가 비슷하게 도착했다. 혜지는 엄마 허락을 받지 못했다. 혜지는 자기 엄마를 마녀라고 했다. 애당초 엄마들은 천사로 존재하기 어려운 법이다.

세 사람은 버스 맨 뒷자리에 청하, 하윰, 정아 순으로 앉았다. 청하는 자리에 앉자마자 잠 좀 자겠다며 에어팟을 귀에 꽂고 눈을 감았다.

"후추 떡볶이는 그냥 떡볶이 만든 다음에 후추 왕창 뿌리면 되는 거던데? 나는 간장 떡볶이처럼 소스 자체가 다른 줄 알았어. 그렇게 간단한데 너는 왜 떡볶이를 망친 거야!"

하윰이 정아를 쿡 찌르며 소곤거렸다. 후추 떡볶이의 시작은 정아였지만 어느새 하윰이 더 집착했다.

정아가 픽 웃고는 진지한 얼굴로 물었다.

"왜 일이 이렇게까지 됐을까?"

"모든 사람의 욕망과 욕심 그리고 어리석음 때문이지."

하윤이 연극 톤으로 말하고 혼자 키득거렸다.

"드라마 대사 같지? 드라마 작가 될까? 드라마 한 편 대박 나면 몇 억씩 번대."

"몇 억이면 후추 떡볶이가 몇 인분이야?"

정아 말에 하윤이 "배 터져 죽겠네."라고 했다. 하윤은 작게 하품을 하며 정아 어깨에 기댔다.

인천에서 청주로 내려올 때는 차라리 홀가분했다. 자기를 모르는 곳으로 가면 아무 일도 일어나지 않을 거라고 정아는 생각했다. 착각이었다. 청주에 와서도 인천에서 있있던 일이 발목을 잡았다. 가위를 들고 스스로 매듭을 자르기 전에는 해결되지 않는다는 걸, 톡톡히 느낀 시간이었다.

"헐, 좋겠다!"

영은이를 만나면 뭐라고 말해야 할지 며칠 동안 고민했는데 보자마자 이 말이 튀어나왔다. 영은이는 안 본 사이에 키가 쑥 크고 살이 빠졌다.

정아의 말에 영은이가 풋 웃고는 "뭐가?" 했다.

"170 넘어?"

영은이가 고개를 끄덕였다.

정아가 눈을 가늘게 뜨고 이어 물었다.

"몸무게는 50 안 되지?"

"많이 먹어도 안 쪄. 체질인가 봐."

"자랑이야?"

정아가 입을 실룩거리자 영은이가 당당히 고개를 끄덕였다.

정아 옆에 있던 하윤이 영은이를 힐끗 보면서 "안녕!" 했다.

"기유라는 어디 있어?"

정아가 물었다.

"우리 집."

영은이 말에 하윤과 정아와 청하가 깜짝 놀랐다.

"친해?"

영은이가 고개를 저었다.

"그럼 뭐야?"

"이해가 안 가지? 나도 그래. 어떻게 하다 보니 그렇게 됐어."

영은이가 고개를 젓자 청하가 "원래 인생은 개연성이 없는 거야. 생각해 봐. 드라마나 소설에선 개연성이 중요하잖아. 주인공이 갑자기 죽거나 사고를 당하면 안 되지. 근데 실제 인생에선 말도 안 되는 일들이 막 일어나잖아." 했다.

그렇지만 아무리 생각해도 이해가 가지 않아 정아가 다시 물었다.

"어떻게 너네 집에 가게 됐는데?"

"내가 제보했잖아. 지갑 얘기."

이야기를 들으며 정아와 하윤, 청하 셋은 자연스레 영은이를 따라갔다.

"그러다가 좀 친해졌는데, 얘가 갑자기 그런 일이 터진 거야. 그래서 내가 위로해 주다가……."

"부모님은?"

"나 혼자 살아."

"왜?"

정아의 질문에 영은이가 발걸음을 멈추고 뒤돌아봤다.

"모든 애들이 다 너처럼 엄마 아빠가 있어야 해? 이래서 내가 너 싫어하는 거야."

정아가 영은이를 빤히 바라봤다.

"충격받은 얼굴이네? 내가 너 싫어하는 거 몰랐어?"

"……그게 아니라."

"그럼 내가 너 용서한 줄 알았어?"

"부모님 안 계신 줄 몰랐어."

"당연하지. 너랑 나랑 안 친했잖아. 그래서 애들이 내 말 안 들어 준 거야. 나 기생수거든. 너랑은 다르지."

영은이가 다시 걸었다.

그래서 애들이 내 말 안 들어 준 거야.

영은이의 말이 뼈아프게 다가왔다.

* * *

"나 여기 살아."

영은이가 원룸 건물 앞에서 멈췄다. 현관 비밀번호를 눌렀다.
영은이 집은 1.5층이었다.

"우리 왔어."

영은이가 문을 열며 말했다. 기척이 없었다.

"기유라!"

영은이가 다시 한번 불렀지만 역시나 대답이 없었다. 안에는
아무도 없었다. 영은이의 조촐한 세간만 놓여 있었다. 가정집이
라기보다는 기숙사 같은 방이었다.

"도망갔나? 아니, 도망이 아니지. 나갔나?"

"전화해 봐."

기유라는 전화를 받지 않았다.

정아가 영은이에게 물었다.

"집에 간 거 아니야?"

"그건 아닐 거야. 걔네 집 주소가 퍼져서 집 앞에 유튜버들이 있나 봐. 그래서 집에 들어가기 싫다고 우리 집에 온 거거든. 아빠는 이혼하고 따로 살고. 헐, 설마."

"왜? 짚이는 게 있어?"

"자기에 대해 헛소문 내고 다니는 애가 누군지 알 것 같다고 했어."

하윰과 정아가 눈짓을 주고받았다.

"우리?"

"너? 그랬어?"

영은이가 물었다. 하윰이 순순히 고개를 끄덕였다.

"으이구!"

영은이가 어른처럼 타박했다.

"그럼 걔네 아빠가 회사원인 건 어떻게 알고?"

영은이 묻자 하윰이 털어놓았다.

"그게…… 원래 기유라 팬이었던 애가 있거든? 팬이 까 되면 무섭다고 하잖아. 걔가 하루 종일 기유라 인스타에서 살았는데, 누가 가계정으로 그런 댓글 써 놓은 걸 봤대. 물론 진짜인지 아닌지는 몰랐고."

고개를 내젓던 영은이가 무슨 생각이 난 듯 주머니에 넣었던 휴대폰을 다시 꺼냈다.

"진짜일 수도 있어. 유라 말로는 걔네 아빠랑 재혼한 아줌마한테 딸이 있대. 걔가 그런 것 같다고 했어. 잠깐 기다려 봐. 나한테 주소 보내면서 같이 가 달라고 한 적이 있거든. 찾을 수 있을 거야."

"엄청 얽혔네."

청하가 한숨을 푹 내쉬며 말했다.

얽히고설키고……. 정아는 막장 드라마가 떠올랐다.

"따지겠다고 했는데. 거기 갔나?"

영은이가 말했다.

"가 보자!"

정아가 주먹을 불끈 쥐었다.

"가서 뭐 하려고?"

영은이가 물었다.

"사과하라고 할 거야."

정아가 말하자 영은이 픽, 입술 사이로 바람 빠지는 소리를 냈다.

"그게 뭐야. 아무것도 아니잖아."

"아니야, 중요해."

정아의 말에 영은이가 잠시 생각하더니 고개를 끄덕이면서 "중요해, 맞아."라고 했다. 정아의 사과가 영은이에게 아무 의미가 없지는 않았나 보다.

"근데 너, 나한테 제대로 사과했어?"

영은이가 장난스러운 표정을 지었다. 업보로구나!

"미안해."

정아가 고개를 숙였다. 영은이가 정아를 툭 쳤다.

아파트 단지가 보였다. 영은이 예상대로 기유라는 악플러라고 의심되는 아이를 만나러 가는 길이라고 했다. 바로 기유라 아빠가 재혼한 여자의 딸이다.

"뭐야? 저기 후추 떡볶이 파네."

하윤이 말했다. 기유라가 나올 때까지 네 사람은 아파트 단지 정문에서 기다리는 중이었다.

"진짜네. 먹으면서 기다리자."

이건 청하의 말.

늦가을 바람이 매서웠다. 넷은 후닥닥 떡볶이 가게로 들어갔다. 떡을 입안에 넣자마자 하윤은 침이 나왔다. 정아가 만든 것과는 확연히 다른 맛이었다. 상상했던 맛인 것도 같고 아닌 것도 같았다. 다만 묘하게 위안이 됐다. 후추 떡볶이가 진짜로 존재하고, 그걸 먹고 있다는 사실이. SNS 공간은 만지거나 먹을 수 없지만, 후추 떡볶이는 만질 수도 있고 먹을 수도 있었다.

정아는 떡볶이를 전투적으로 집어 먹었다. 내가 지금 여기 있다는 감각이 되살아났다.

여기에 있는 나를 살려야 해.

하윰

기유라를 만날 수 있으리라는 기대는 거의 없었다. 기유라한 테서 연락 왔다는 말도 왠지 거짓말 같았다. 영은이라는 애를 믿기 어려웠다. 정아 친구고, 정아가 한때 피해를 준 적이 있다는 건 알았지만, 그렇다고 해서 믿음이 가는 건 아니었다.

무슨 목적이 있지 않을까? 하윰은 자꾸 그런 생각이 들었다.

"기유라다!"

영은이가 놀이터 쪽을 보며 말했다.

"쟤가 진짜 기유라 맞아?"

하윰이 묻자 영은이와 정아가 고개를 끄덕였다.

자세히 보니 기유라가 맞긴 맞는데, SNS에서 보던 얼굴과는 달랐다. 눈, 코, 입 모두 똑같은데 희한하게도 기유라가 아닌 것 같았다. 이 이질감은 뭐지?

아아!

하윰이 기유라를 찬찬히 뜯어봤다. 현실의 기유라는 이마에
송골송골 땀이 맺혀 있었다. 두툼한 패딩을 걸치고 달려온 것
같았다. 이마에서 땀이 후드득 떨어졌다. 패딩 지퍼를 내리며 손
부채질을 하자 땀 냄새가 혹 끼쳤다.

아아, 이번에는 정확히 알았다.
기유라는 살아 있는 인간이었다.
그래서 냄새가 났다. SNS 계정에서는 냄새가 나지 않는다. 이
런 아이에게 소문을 만들어 덕지덕지 붙였다. 네가 먼저 그랬잖
아, 라고 항변할 수도 있지만 얼굴이 달아오르는 건 어쩔 수 없
었다. 하윰은 자기 뺨을 툭툭 쳤다.
"여기 어떻게 알았어?"
기유라가 물었다.
"여기에 다 있어."
영은이가 대답 대신 휴대폰을 들었다. 기유라에 관한 정보는
휴대폰 안에 다 들어 있었다. 기유라 자신도 알지 못하는 정보

까지 포함해서. 기유라는 자기가 SNS를 통제한다고 믿었던 것 같지만, 이번 일을 계기로 생각이 달라졌을 것이다. 온라인 세계는 절대 통제할 수 없다.

"너희한테 할 말 없어."

기유라가 입술을 삐죽거렸다.

하윰은 기유라의 행동이 연기처럼 느껴졌다. 열일곱 살이 입을 저렇게 삐죽이다니. 설마 지금도 누가 자신을 촬영하고 있다고 착각하는 건 아닐까.

기유라는 정아를 한참 바라보다가 눈을 번쩍 치켜떴다.

"같이 라방 하면 안 돼?"

"라방?"

뜬금없는 기유라의 제안에 어안이 벙벙해진 정아가 되물었다.

"라이브 방송. 거기서 우리가 화해한 모습 보여 주자. 오해가 있었지만 이젠 다 풀었다고, 걱정 말라고."

"누가 걱정을 해?"

정아가 다시 기유라에게 물었다. 하윰이 정아를 바라보자 정아가 눈짓을 보냈다.

"그리고 너 왜 사과 안 해?"

정아가 기유라에게 말했다. 하윰은 정아가 보낸 눈짓의 의미를 알았다. 자기가 처리하겠다는 뜻이다.

"내가 뭘?"

기유라가 정아를 노려봤다.

"내가 뭘 잘못했는데?"

기유라는 자기가 정아에게 한 짓이 정당하다고 믿는 듯했다. 아니, 자기가 한 짓을 어떻게 생각하는지조차 알 수 없었다.

"나야말로 너 때문에 무슨 꼴이야?"

기유라가 오히려 잔뜩 화난 표정으로 정아에게 따져 물었다.

"어디서 봤는데, 그런 말이 있어. 메시지를 공격할 수 없다면 메신저를 공격하라."

"무슨 뜻이야?"

"내가 하는 말이 진실이니까, 반박 못 하니까, 네가 댓글에 헛소문 퍼뜨린 거잖아. 그렇게라도 해서 관심 받으니까 좋든?"

정아는 입을 벌린 채 기유라의 말을 가만히 듣고 있었다. 하윤도 말문이 막혔다.

"반성이라는 걸 모르는구나, 넌."

청하가 말했다.

"그럼 인스타에서는 왜 사과한 거야?"

하윤이 물었다.

"안 그러면 난리 치니까."

"누가?"

이번엔 넷이 한목소리로 기유라에게 물었다.

"사람들이. 정확히는, 나처럼 되고 싶은 애들 말이지."

기유라가 말하는 사람들은 명백했다.

이름도 얼굴도 없는 익명의 대중. 이제야 모든 과정이 이해됐다. 기유라가 자기 문제도 아닌 남의 문제에 과도하게 집착한 이유가. 기유라는 관종이자 사업가였다.

"라방 하자. 내가 거기서 너를 오해했다고 실드 쳐 줄게. 그럼 너도 내가 원래부터 착했다고 말해 줘. 나를 둘러싼 소문은 오해라고. 우린 친구 사이로 돌아갈 거라고."

"그게 무슨 의미가 있어?"

정아가 물었다.

"무슨 의미냐니. 그래야 믿잖아."

"누가?"

"사람들이."

"사람들이 도대체 누구야? 누군지도 모를 사람들 때문에 이렇게까지 해야 돼? 진실 같은 건 안 중요해?"

기유라에게 정아가 다시 물었다.

"됐고, 사람들이 믿는 게 진실이야. 믿게끔만 하면 돼. 그러니까 라방, 하자!"

"기유라, 정말 꼭 이렇게까지 해야 해?"

묵묵히 상황을 지켜보던 영은이가 기유라를 붙잡았다.

"애들이 너 응원하는 것처럼 보여도 실은 웃겨서 지켜보는 거야. 어디까지 망가지나 하고."

어느덧 아파트 단지 앞에 학원 차량이 도착하고, 초등학생들이 한두 명씩 놀이터에 나타났다. 누구 휴대폰에서 음악이 나오자 한 애가 춤을 추기 시작했다. 팔다리를 흐느적거리는 이상한 춤이었는데, 서로를 보며 웃느라 정신 없어 보였다.

"그냥 가자, 정아야. 말이 안 통해."

하윰이 정아에게 말했다. 애초에 기유라를 만나러 온 자체가 좋은 생각이 아니었다. 사과는커녕 욕먹기 십상이었다.

"아니야, 하자, 라방."

정아가 말했다. 기유라가 긴가민가하는 표정으로 정아를 바라봤다. 하윰과 청하가 양옆에서 정아의 소매를 잡아당겼다.

"진짜야?"

기유라가 묻자 정아가 고개를 끄덕였다. 그러고는 하윰을 바라봤다. 하윰은 고개를 저었다.

"난 안 해."

청하와 영은이는 아무 말도 하지 않았다.

"너네는 빠져, 그럼."

기유라가 말했다.

그야말로 '분기탱천'이란 말이 어울리는 모습이었다. 기유라는 고장 난 기차에 올라탔다. 사고가 나서 멈췄는데 다시 가겠다고 시동을 거는 꼴이었다.

영은과 기유라, 정아와 하윰과 청하는 스터디룸이 있는 카페로 자리를 옮겼다. 기유라가 입술 화장을 지우고 묶었던 머리를 풀었다.

"아파 보여?"

"뭐?"

"아파 보여야 하는데……."

기유라가 입술에 침을 묻혔다.

기유라가 인스타그램에 접속해서 라방을 켜기 전에 단속하듯 정아를 바라봤다.

"아까 말한 대로 해야 돼. 내가 약간의 오해가 있었다고 먼저 말할게. 뭐가 거짓이고 뭐가 진실인지는 세세하게 밝힐 수는 없지만 우린 오해를 풀었고, 그럼 너는 이해해 줘서 고맙다고 하면서 나에 대한 소문은 다 거짓말이라고 해. 나 원래 되게 착했다고."

영은이는 한숨을 내쉬고 있고 청하와 하윰이 참다못해 기유라에게 따지려는데, 정아가 저지하는 눈짓을 했다.

"알았어, 알았으니까 라방 켜기나 해."

정아가 기유라에게 말했다.

기유라는 한껏 올라간 입꼬리를 내리더니 라방을 켰다가 다시 끄고, 라방을 켰다가 다시 켜기를 몇 차례 반복했다.

"뭐 하는 거야?"

"사람들 모으잖아. 넌 모르면 가만히 있어."

잠시 뒤, 사람들이 모였다고 생각했는지 기유라가 표정을 바꿨다.

"여러분, 안녕하세요. 오랜만이에요. 갑자기 라방 켜서 놀라셨죠?"

정아를 포함한 네 사람은 마치 가면을 뒤집어쓴 것처럼 돌변한 기유라의 태도가 놀랍기만 했다. 기유라는 전혀 개의치 않고 말을 이어 나갔다.

"아, 뭐라고요? 몸은 좀 괜찮냐는 댓글이 많은데, 걱정해 주셔서 감사해요. 아직 완전히 회복된 건 아닌데 많이 나았어요. 제가 이번에 겪어 보니까 소문이 어떻게 만들어지는지 알겠더라고요. 사람들이 유언비어를 되게 쉽게 믿더라고요. 여러분, 제 옆에 있는 애가 누군지 궁금하시죠? 정아야, 인사해."

기유라가 정아 쪽으로 휴대폰 카메라를 돌렸다.

"아, 안녕하세요."

어색하게 웃으며 휴대폰 화면을 쳐다본 순간, 정아는 그대로 얼어붙는 것 같았다. 라방에 들어온 사람이 생각보다 너무…… 적었다. 기유라가 그토록 기를 쓰고 찾던 '사람들'은? 그 '사람들'은 그래서 지금 어디 있는데?

한때 기유라의 시녀를 자처하며 '정의'를 외쳤던 이들은 대체 어디로 갔을까. 관심은 신기루처럼 사라졌다.

기유라는 이미 지나간 유행이었다.

온라인상의 관심사는 놀랍도록 빠르게 바뀌었다. 어제는 나라를 들었다 놨다 할 정도로 큰일이, 오늘은 없었던 일 취급을 받기도 했다. 하물며 기유라는 고작해야 팔로워 몇십 만 명의 인플루언서일 뿐이었다. 기유라도 알고 있었다. 그래서 그 끈을 놓지 않으려고 아득아득 발악하는 것이다.

"제가 이렇게 라방을 켠 이유는 그동안 있었던 일을 설명해 드리고 싶어서예요. 우선 여러분이 궁금해하는 게 뭔지는 알아요. 괴벨스가 그랬잖아요. 사람들을 선동하려면 진실 1퍼센트만 있으면 된다고요. 맞나?"

기유라는 머리를 긁적이며 어수룩한 모습까지 보였다. 철저히 계산한 행동이라면 소름 끼칠 만큼의 명연기였다. 휴대폰으로 라방을 시청하던 청하가 하윰과 영은에게 몇 없는 접속자 수를 보여 줬다. 정아는 슬쩍 옆으로 물러나 기유라를 '감상'했다.

"암튼 제가 아빠와 떨어져 산다는 이유 하나만으로 다른 모든 진실이 거짓으로 매도당하는 걸 목격하니까 충격이 크더라고요. 사람은 역시 당해 봐야 돼요. 제가 당해 보니까, 아, 정아도 억울했을 수 있겠다 싶었어요. 그래서 바로 연락했죠. 제가 정아에 대해 한 말이 비록 진실일지라도 정아 처지에서는 그렇지 않을 수 있거든요. 왜냐하면 어린 시절엔 다들 실수하잖아요. 다이어리도 애초에 둘이 같이 쓰던 우정 다이어리라고 하더라고요. 그럼 훔친 게 아니잖아요. 정아 지분도 있는 거니까요. 그래서 그 오해는 꼭 풀어 줘야겠다는 생각이 들었어요. 정아야, 미안해."

기유라가 정아를 향해 몸을 돌리더니, 정아가 조금 떨어져 앉은 걸 눈치채고는 카메라에 보이지 않게 눈을 흘겼다. 기유라의 손짓에 정아가 다시 옆자리로 가 앉았다. 카메라에는 다시 기유라와 정아의 모습이 보였다.

하윰과 영은이는 청하 휴대폰으로 같이 라방을 봤다. 기유라와 정아가 바로 앞에 있지만 라방이 더 궁금했다. 몇 명이 신랄한 댓글을 도배했다.

– 쇼하네.

– 표절은 사실임?

- 그러거나 말거나.

- 관종 기유라, 그만해.

- ○○ 노잼.

- 언팔

기유라는 "응원해 주셔서 감사해요."라고 했다. 눈 가리고 아웅이었다.

"이제 가 봐야 하지? 마지막으로 너도 한마디 할래?"

정아가 고개를 끄덕였다.

"맞아요. 사실 저는 좀 이런 게 익숙하지가 않아서……."

정아가 머리를 긁적였다.

"그럼에도 라방에 같이 참여한 이유는 꼭 할 말이 있어서예요."

기유라가 정아를 힐끗 보고 카메라를 향해 어색하게 웃었다. 하윰은 정아가 기유라의 제안에 찬성할 때부터 의아했다. 정아는 누구보다 지금 상황에서 벗어나고 싶어 했으니까.

"하연주, 나 보여?"

정아의 얼굴에서 어색함이 사라지더니, 일순간 눈빛이 바뀌었다. 하윰이 정아를 바라봤다.

"하연주, 너 이거 보고 있지? 보면서 또 손가락질할 준비 하고 있지? 너는 지금 거기서 안전하다고 생각하지? 너도 언젠가 느닷없이 멱살 잡혀서 화면 안으로 끌려 들어올 일이 있을 거야. 절대 안전하지 않아."

정아의 얼굴이 전투에 나선 기사처럼 상기되어 있었다.

"너 왜 그래?"

기유라가 정아의 옆구리를 찔렀다.

"죄송해요. 애가 아까 감기약을 먹어서. 그럼 다음에 또 라방 할게요."

기유라가 황급히 라방을 끝내려고 했다.

"왜 그래? 나 할 말 더 있단 말이야."

정아가 기유라의 휴대폰을 빼앗았다.

"너 미쳤어? 나 다음 주에 공구해야 한단 말이야!"

"좋은 상품 찾아서 정당하게 판매하면 되잖아. 유명세에 기대지 말고."

"유명해야 뭘 파는지를 알지. 모르는데 어떻게 사? 너는 세상이 어떻게 돌아가는지 아무것도 몰라. 악플보다 무서운 게 무플이야. 욕하는 애들이 사 주는 거야."

아직 라방은 종료되지 않았다.

"꺼! 얼른 끄라고!"

기유라가 정아 손에 들린 휴대폰을 뺏으려고 정아의 팔을 잡

앉다. 정아의 팔이 뒤로 꺾였다. 그러자 하윰이 기유라의 허리를 잡았다.

"놔! 놓으라고!"

기유라가 하윰의 손을 떼어 내려고 애썼지만 하윰은 만만치 않았다. 저게 뭐라고. 저깟 게 뭐라고. 하윰은 저도 모르게 휴대폰을 노려 보고 있었다.

"아파아!"

정아의 외침에도 기유라는 정아의 팔을 놓지 않았다.

"어어어."

정아가 뒤로 넘어지면서 탁자를 짚었다. 그 틈에 기유라가 휴대폰을 빼앗으려고 하자 하윰도 손을 뻗었다.

휴대폰이 공중에 솟구쳤다가,

투툭.

카페 대리석 바닥으로 떨어졌다.

모두 얼음이 된 것처럼 움직이지 않고 눈으로만 바닥을 응시했다. 기유라의 휴대폰 액정이 와장창 깨져 있었다. 하윰이 기유라를 한 번, 정아를 한 번 쳐다보고 깨진 휴대폰에 다시 눈길을 주었다.

······부서진 저 작은 세계.

소리 없는 아우성이 깨진 휴대폰 액정 사이로 흘러 나왔다.

"아까 말한 대로 해야 돼.
뭐가 거짓이고 뭐가 진실인지는
세세하게 밝힐 수는 없지만
우린 오해를 풀었고, 나에 대한 소문은
다 거짓말이라고 해.
나 원래 되게 착했다고."

복수와 응징을 넘어서

홍현진(프리랜서 에디터, 『나를 키운 여자들』 저자)

'최애'가 루머에 휘말렸다. 처음에는 이걸 대체 누가 믿을까 싶었던 조악한 증거뿐인 루머가 '논란'이라는 이름으로 삽시간에 퍼졌다. 사람들은 그동안 최애에게 있던 각종 소문을 끌고 와서 '얘는 이럴 줄 알았다'라고 조롱하고 비난했다. 최애가 평소 어떤 활동을 했는지 전혀 모르는 이들도 '아니 땐 굴뚝에 연기가 왜 나겠냐'라며 한마디씩 거들었다.

루머가 얼마나 터무니없는지 이성적으로 조목조목 짚은 글이 올라왔지만 자극적인 의혹 앞에 건조한 문제 제기는 힘을 잃었다. 논란이 있다는 사실만으로도 논란은 논란이 됐다.

"신난 것처럼 보였다. 누군가에게 돌을 던지는 일은, 재미있는 스포츠처럼 느껴졌다. 단, 자신이 경기장 안에 들어갈 일이 없다고 여길 때만. 그러나 누구든 뒷덜미를 잡혀 경기장 안에 내팽 개쳐질 수 있다는 걸, 당하기 전까지는 모른다."(152쪽)

이선주 작가의 장편소설 『심판자들』을 읽으면서 덕질 인생에서 가장 괴로웠던 날이 떠올랐다.

내게 소중한 사람이 돌을 맞는 모습을 보고서야 알게 됐다. 공개 처형대에 오른다는 것이 얼마나 끔찍한 일인지. 늦은 밤 소속사에서 법적 대응을 하겠다고 공식 입장문을 내기 전까지 속이 바짝바짝 타들어 갔다.

허무한 것은 그다음이었다. 입장문이 발표되자마자 최초에 루머를 유포했던 계정이 삭제됐다. 무분별하게 의혹을 퍼트렸던 게시물도 빠르게 사라졌다. 최애의 명예는 실추되고 팬들의 속은 잿더미가 됐지만 누구 하나 책임지는 이가 없었다.

신나서 돌을 던지던 사람들은 아무렇지 않게 또 다른 먹잇감을 찾았다. 어디선가 폭로가 일어나고 사실관계를 확인할 틈도 없이 처형대에 세우는 일이 매일 반복됐다. 논란은 땔감이 마르지 않는 불길 같았다. 그 땔감이 진실이 아닌지는 중요하지 않았다.

온라인에서 지겹도록 되풀이되는 논란이 유명인에게만 해당되는 일일까. 『창밖의 아이들』 『열여섯의 타이밍』 등의 작품에서 청소년의 일상과 고민을 핍진하게 그려 온 이선주 작가는 장편소설 『심판자들』을 통해 인터넷 공론장이 어떻게 한 고등학생의 일상을 송두리째 뒤흔드는지 보여 준다.

*

시작은 장난으로 바꿔 읽은 글 때문이었다. 정아는 1학년 2학기가 되면서 인천에서 청주로 전학을 왔다. 인천에 아빠와 새엄마를 두고 정아만 할머니가 있는 청주로 내려온 것이다. 글쓰기를 좋아해서 교내 백일장에서 상을 받기도 했던 정아는 새 학교에서도 글쓰기 동아리에 가입한다.

그곳에서 정아는 자신처럼 글쓰기를 좋아하는 친구 하유미(이하 하윰)을 만난다. 글쓰기에 대한 정아의 마음이 "냉탕도 온탕도 아닌 세계(14쪽)"라면, 하윰은 서울에 있는 문예 창작과에 진학하겠다는 목표를 가지고 있다. 하윰의 아빠는 해외 근무 중이고 엄마는 독박 육아를 하며 늦둥이 동생을 키우느라 첫째 딸을 신경 쓰지 못한다. 하윰은 집을 떠나는 것으로 엄마에게 복수를 하고 싶다.

정아와 하윰이 있는 글쓰기 동아리에 현직 작가로 활동하고 있는 김성경 작가가 8주 글쓰기 특강을 하러 온다. '자화상'이라는 주제에 대해 글쓰기를 한 정아와 하윰은 장난삼아 서로의 글을 바꿔 발표하지만 아무도 눈치채지 못한다.

문제는 그다음이다. 도 주최 백일장에서 하윰은 글쓰기 동아리에서 바꿔 읽었던 정아의 글에서 아이디어를 얻은 글로 대상을 받는다. 수상 실적을 지렛대 삼아 서울에 있는 대학에 가고 싶은 하윰은 죄책감을 느끼면서도 선뜻 사실을 털어놓지 못한다.

그때 정아가 온라인에서 갑자기 구설수에 오른다. 정아가 다녔던 인천의 한 고등학교에 재학 중인 기유라가 인스타그램에 게재한 글이 시발점이었다. 20만이 넘는 팔로워를 보유한 10대 인플루언서 기유라는 정아가 친구의 다이어리를 훔치다 걸려서 청주로 전학 갔다고 고발한다.

기유라의 글은 표면적으로 사실일 수 있지만 진실은 좀 더 복잡하다. 절친 리라와 커플 다이어리를 쓰던 정아는 리라와 다투게 된다. 자신이 다이어리에 적은 글을 리라가 다른 친구에게 보여 줄까 두려웠던 정아는 리라의 가방에서 다이어리를 몰래 가지고 온다. 이 사실을 리라가 알게 되자 정아는 사과를 하는 대신 학교를 옮기는 것을 택한다.

*

인천에서 청주로 도망쳐 왔지만 온라인 세계에서는 물리적 공간이 무의미하다. 정아가 '도둑'이 아니라고 해명했음에도 기유라는 정의 구현이라는 명분으로 정아를 공개 저격한다.

정아와 리라 사이 일어난 지극히 사적인 일은 당사자의 의사와 무관하게 공적인 사안이 된다. 정아의 반 친구들은 같은 교실에서 얼굴을 맞대며 지내는 정아가 아니라 현실에서 한 번도 얼굴을 본 적 없는 인플루언서 기유라가 퍼트린 소문을 더 신뢰한다.

기유라가 본인과 아무 관련 없는 일에 열을 올리는 이유는 분명하다. 논란은 곧 돈이 되기 때문이다. 인스타그램으로 다이어트 식품과 옷 등을 팔고 있는 기유라는 팔로워를 늘리기 위해 정아를 이용한다. 논란이 커질수록 팔로워도 수입도 함께 늘어난다.

설상가상으로, 하윤이 자신이 쓴 글을 표절했다는 정아의 문제 제기는 도리어 정아를 "친구에게 표절했다는 누명을 씌운 애(114쪽)"로 만든다. 친구 사이 일어날 수 있는 실수와 오해가 눈덩이처럼 불어나 정아에게는 거짓말쟁이라는 낙인이 찍힌다.

정아를 공격하는 데 과몰입하는 사람들의 심리는 대체 무엇일까. 아이들은 자극적으로 편집된 사실을 무비판적으로 수용하면서 정아처럼 "거짓말하는 아이는 혼이 나야(124쪽)" 정의가 바로 선다고 생각한다.

본래 정의는 진실을 추구할 때 얻어지는 것이지만 이들의 정의에는 진실을 추구하려는 노력은 빠져 있다. 정의를 추구하고 있다는 '감각'만 존재할 뿐이다. 현실을 쏙 빼닮은 소설을 읽으며 마음이 답답했다.

다행히 정아에게는 정아가 좋아하는 후추 떡볶이처럼 볼 수도 있고 만질 수도 있는 친구들이 있다. 정아와 절교했던 리라, 표절 사실을 인정하기로 한 하윰, 기유라가 올린 글만 믿고 정아에 대한 소문을 처음으로 반 아이들에게 퍼트린 혜지, 표절 이야기를 끝까지 믿지 않았던 청하까지, 정아에게 저마다 부채감을 갖고 있는 아이들은 '정정아 살리기 비상 대책 위원회'를 꾸려 정아를 도울 방법을 모색한다.

*

이선주 작가는 속도감 있는 전개로 SNS 세계의 논란을 추동하는 사람들의 심리를 날카롭게 분석한다. 이 소설의 탁월한 점은 고고한 심판자의 시선으로 세상을 바라보지 않는다는 데 있다. 하루아침에 인민재판의 대상이 되어야 했던 정아는 복수나 응징을 택하지 않는다. 오히려 정아는 본인이 받은 상처를 통해 과거 자신이 누군가에게 줬던 상처를 직면한다.

회피하고 도망치는 데 익숙했던 정아는 영은에게 용기를 내어 뒤늦은 사과를 전한다. 영은의 입장이 되어 보고 나서야 정아는 자신도 누군가에게 가해자일 수 있었음을 깨닫는다. 시종일관 뜨뜻미지근했던 정아가 처음으로 뜨거워진 순간이다.

좋은 소설은 독자에게 느낌표가 아니라 물음표를 던진다. 정아의 목소리를 통해 작가는 독자들에게 이렇게 묻는 듯하다. 타인을 함부로 재단하고 평가하는 좀비 같은 대중들로부터 당신은 얼마나 자유롭냐고.

진실을 호도하는 사이버 렉카만 세상을 나쁘게 만드는 것이 아니다. 악플이라는 의식조차 없이 악플을 달면서 본인은 선하고 무해하다고 믿는 사람들, '어차피 세상은 안 바뀐다'라며 팔짱을 끼고 방관하는 사람들도 세상을 나쁘게 만든다. 우리는 우리가 살아가는 세계에 대한 책임이 있다. 그 책임에는 세상을 좋은 쪽으로 바꾸기 위한 노력도 포함된다.

사람도 진실도 알기 어렵지만 열일곱 살 정아는 인간을, 진실을 이해하려 노력하기로 한다. "인간을 이해하는 건 어렵"(183

쪽)지만 "그런데도 포기하지 않는 이유"(같은 쪽)에 대해 정아는 이렇게 설명한다.

"이해하지 못하면 고통스럽기 때문이다. 고통스러운 것보다는 어려운 걸 이해하려고 노력하는 편이 나았다."(같은 쪽)

온라인 세계는 통제할 수 없지만 적어도 "여기에 있는 나를"(192쪽), 우리를 살리기 위해 정아는 기유라를 직접 찾아간다. 정아는 "살아 있는 인간"(194쪽)으로서 기유라의 민낯을 마주한다. 신기루 같은 대중의 관심에 매달려 스스로가 누구인지조차 잊어버린 듯한 기유라의 모습은 씁쓸하다 못해 안타깝다. 무엇이 이 아이를 이렇게 만든 걸까.

남을 손가락질하거나 나를 안쓰러워하는 것에서 벗어나 타인과 세상의 그늘에 공감할 수 있을 때, 우리는 한 뼘 더 성장한다. 이는 청소년에게만 해당되는 이야기는 아니다. 냉소와 환멸을 접어두고 나도 정아처럼 노력해 보기로 한다. 인간에 대한 믿음을 잃지 않고, 엇비슷해 보이는 진실 가운데 진짜 진실이 무엇인지 "열심히, 자세히"(121쪽) 관찰하면서.

소설의 초고는 2년 전 여름밤에 썼던 걸로 기억한다. 무슨 이야기를 쓰는지도 모른 채 썼다.

시간이 흘러 출간을 앞두고 제목을 정해야 할 시점이 왔다. 여러 후보들이 있었는데 한 가지씩 마음에 걸렸다. 이야기의 핵심이 가닿지 못하는 것 같았다.

고민을 안은 채 교정지를 보다가 '심판'이란 글자가 눈에 들어왔다.

사건에 대해 잘 알지도 못하면서 심판부터 하는 사람들. 자기들에게 남을 심판할 권리가 있다고 믿는 사람들. 우르르 몰려다니며 대중이란 이름으로 거리낌 없이 칼을 휘두르는 사람들. 그들은 잘못 휘두른 칼에 무고한 사람이 다쳐도 익명 1이란 이유로 어떤 대가도 치르지 않는다.

이 책엔 심판자를 자청하는 아이들, 그들에게 심판을 보라고 오히려 자리를 내주는 아이들, 심판자들에게 휘둘렸지만 더는 당하지 않겠다고 결심한 아이들이 나온다. 옳고 그름, 선과 악을 나누려는 게 아니라 내가 어느 위치에 서 있는지 생각해 보자는 마음이었던 것 같다.

조심스러운 마음으로 이 작품을 세상에 내놓는다. 필요한 곳에 이야기가 가닿을 거라 믿는다. 그런 믿음이 없다면 오랜 시간 문장을 쓰고 지우는 과정을 견디지 못했을 것이다.

보이지 않는 믿음이 현실을 재구성, 재인식하게 함으로써 일상에 영향을 미친다고 생각한다. 그러니 이런 글을 통해 지금 일어나고 있는 일들을 다시 들여다보자고 말하는 것이기도 하다.

모두 건강하시길 바란다.

늦여름, 이선주.

심판자들

1판 1쇄 발행 2024년 9월 5일
1판 2쇄 발행 2024년 11월 25일

지은이 이선주

편집 이혜재
디자인 이지인
제작 세걸음

펴낸이 이혜재
펴낸곳 책폴
출판등록 제2021-000034호
전화 031-947-9390
팩스 0303-3447-9390
전자우편 jumping_books@naver.com

ISBN 979-11-93162-31-6 (43810)

너와 나, 작고 큰 꿈을 안고 책으로 폴짝 빠져드는 순간
책폴

블로그 blog.naver.com/jumping_books
인스타그램 @jumping_books

책폴